drama

剧 本

花束みたいな
恋をした

花束般的恋爱

[日]
坂元裕二 著

蕾克 译

GUANGXI NORMAL UNIVERSITY PRESS
广西师范大学出版社

· 桂林 ·

图书在版编目（CIP）数据

花束般的恋爱：剧本 /（日）坂元裕二著；蕾克译.——
桂林：广西师范大学出版社，2022.11（2025.3重印）
　ISBN 978-7-5598-5055-3

　Ⅰ.①花… Ⅱ.①坂… ②蕾… Ⅲ.①电影剧本－日本－
现代 Ⅳ.①I313.35

中国版本图书馆CIP数据核字（2022）第090161号

HUASHU BAN DE LIANAI
花束般的恋爱：剧本

作　　者：（日）坂元裕二
译　　者：蕾　克
责任编辑：黄安然
特约编辑：徐　露
装帧设计：汐　和　　at compus studio
内文制作：陆　靓

广西师范大学出版社出版发行
　广西桂林市五里店路9号　邮政编码：541004
　网址：www.bbtpress.com
出版人：黄轩庄
全国新华书店经销
发行热线：010-64284815
河北鑫玉鸿程印刷有限公司印刷
开本：787mm×1092mm　1/32
印张：6.75　　插页：2　　字数：80千字
2022年11月第1版　　2025年3月第4次印刷
ISBN 978-7-5598-5055-3
定价：44.00元

如发现印装质量问题，影响阅读，请与出版社发行部门联系调换。

中文版序言

　　随着年轻人岁数渐长，文化也从他们的生活中渐渐流失而去，这是我在 2019 年写这个故事时的一个主题。

　　现在三年时间过去，在我的感觉中，现在世界上的无数人都面临着同样的问题。人们相聚得越来越少，不再像从前那样唱歌跳舞。谁与谁在街头相遇，互相交流喜欢的事、交换心爱的东西，这些原本平常而简单的事变得越来越不容易发生。如果再这样下去，今后人与人之间的孤立隔阂也许会变得理所当然，文化会渐渐远去，不再能轻易触及。抑或，文化会变化出前所未见的新形态，催生出新事物。

　　无论未来将奔赴哪个方向，《花束般的恋爱》里描绘的世界都将变成令人感怀留恋的旧日景象吧。我自己已经接受了这种趋势，今后想静观、守护人与文化的演变。人在这个星球上已经生活了几万年，人们围着篝火唱歌，在壁面上描绘图案，文化与睡眠和食物同等重要，在生活中不可或缺。文化是纽带，联系牵绊起了我们。我们活在这个世界上，总会被什么触及内心，想把什么深留进记忆里，和谁一同分享回味。我们读书后会感喟，看过电影激动得心怦怦跳动，我们唱着歌跳着舞成长，我们都是在八十多年的时间里发现余暇、享受余暇的奇妙生物。

祝愿我们每一日都能邂逅令自己心潮翻涌的文化，比如，就在今天。

坂元裕二

1   字幕

"2020"

（手写文字）

2　咖啡馆店内

大学生情侣面对面坐着。

桌上放着一台智能手机，情侣合用一副耳机，一人耳里塞着一端。

距离情侣稍远的座位上，山音麦（27岁）和本条朱音（25岁）在喝咖啡，一边看着那对情侣，一边说着话。

麦　　那两个人根本不喜欢音乐。

朱音　嗯，为什么？

麦从包里取出耳机。

麦　　音乐不是单声道，而是立体声。如果用耳机听，L 端和 R 端传来的声音不一样。L 响起吉他时，从 R 听到的是架子鼓。只用一边听的话，两人听到的是完全不同的曲子。

情侣对面的座位上，八谷绢（27岁）和岛村知辉（32岁）喝着咖啡，绢用耳机比画着，在说话。

绢	比如说培根生菜三明治，如果把培根和生菜分开吃了，那还叫培根生菜三明治吗？
知辉	确实。
绢	再比如两个人分吃一碗猪排玉子丼，一个人把猪排全吃光了，那另外那个人吃的是什么呢？
知辉	玉子丼。
绢	对吧？所以看上去在听同一首，其实并不是，他和她听到的是截然不同的两支曲子。

对面，麦继续对朱音说着话。

麦	你见过录音室里的操作台吧，这么大（双臂伸开示范）。上面有数不清的按键

	和按钮，都是为了把 L 和 R 两个声道的音调节成立体声。
绢	音乐人和录音师一边吃着晚饭便当，一边几十遍、几百遍地反复比较，好不容易做出的立体声，左右耳分开听算什么事呢！
麦	混音师知道后，一定会把便当砸到操作台上。
绢	嘴里一定在说："气死了，受不了！"
朱音	但是两个人想一起听啊。
麦	他们明明一人有一台手机。

绢把自己和知辉的手机并排放好。

绢	连好两副耳机，同时按下播放键就好了嘛。
知辉	他们就是想，同一个东西，你一半我一半，何必那么严格呢？
麦	恋爱不能一人一半。
绢	恋爱是一人一个。

| 麦 | 一人一个。那两个人真是不懂，要不然我过去教他们一下。 |

麦和绢同时站了起来。

两人察觉到对方，四目相对，终究还是坐回了原位。

朱音	别管人家了。小麦，昨天晚上我是不是把耳环忘在你那儿了？说不定在你床上。
麦	我没看到……（有些心不在焉）
知辉	小绢，我爸妈特别烦，总想让我把你带过去介绍给他们，你说怎么办？你想来户塚吗？
绢	嗯，是啊，我想……（有些心不在焉）
朱音	床上没有的话，不是在洗手池边上，就是在浴缸那儿。
知辉	不想去我家的话，在车站附近吃顿饭也行。

绢和麦各自坐在同伴对面，心却都飞到了别处。

电影名

《 花束般的恋爱 》

3   字幕

"*2015*"

（手写文字）

4 一月，八谷家的小餐厅（早晨）

绢（21岁）像是刚起床，穿着卫衣款睡衣，头发带着乱糟糟的压痕，从冰箱里拿出黄油。

嘴里不着调地哼着搞笑组合水熊虫的歌《因为特别暖和啊～》，把黄油抹到吐司上。

进入绢的独白。

绢（独白）　八谷绢，二十一岁。大学生。有一件事我确信是真的。这就是——

刚想换只手拿吐司，手一滑，吐司掉到地上。

绢蹲下，凝视黄油面先着地的吐司。

绢（独白）　如果吐司掉在地上，肯定是涂了黄油的那一面着地。

图书在版编目（CIP）数据

花束般的恋爱：全2册 /（日）坂元裕二著；蕾克译.——
桂林：广西师范大学出版社，2022.11（2025.3重印）
ISBN 978-7-5598-5057-7

Ⅰ.①花…　Ⅱ.①坂…　②蕾…　Ⅲ.①电影剧本 – 日本 –
现代②中篇小说 – 日本 – 现代　Ⅳ.①I313.15

中国版本图书馆CIP数据核字（2022）第090163号

著作权合同登记号桂图字：20–2022–073号

HUASHU BAN DE LIANAI
花束般的恋爱：全 2 册

作　　者：（日）坂元裕二
译　　者：蕾克
责任编辑：黄安然
特约编辑：徐　露
装帧设计：汐　和　at compus studio
内文制作：陆　靓

1 花束般的恋爱：剧本
　 ISBN 978-7-5598-5055-3
2 花束般的恋爱：小说
　 ISBN 978-7-5598-5056-0

广西师范大学出版社出版发行
　广西桂林市五里店路 9 号　邮政编码：541004
　网址：www.bbtpress.com
出版人：黄轩庄
全国新华书店经销
发行热线：010-64284815
河北鑫玉鸿程印刷有限公司印刷
开本：787mm×1092mm　1/32
印张：13　　字数：160千字
2022年11月第1版　2025年3月第4次印刷
ISBN　978-7-5598-5057-7
定价：88.00元

绢一只手拿着手机，另一只手不时捏掉吐司上粘的灰，把吐司往嘴里送。

绢（独白）　所以我一直活得静悄悄的，基本不怎么兴奋。

绢划动着手机页面，忽然停住。
屏幕上显示出国立科学博物馆"木乃伊展"的页面。

绢（独白）　国立科学博物馆要开一个木乃伊展。

绢暂时放下手机，平静了一下，再次看起页面。

绢（独白）　虽然表面上看不出来，其实我内心正狂喜，号啕痛哭。

5　拉面店内（回想）

　　　　　　柜台席位上坐着很多身穿工作服的
建筑工人，绢混在其中，系着防溅的纸
围裙，正在吃拉面。

绢（独白）　上一周，我连载了两年的名为"女大学
生和面"的博客日阅览量突破了1500次。
那一天，我也正在探索新店。

　　　　　　绢一边吃，一边用手机记载当天的
日期、店名，给面、汤、配菜等项目打分。

6　表参道[1]（回想）

　　　　　　绢走在熙攘人流中。
　　　　　　依旧系着拉面店的纸围裙。

1　1919年所建，初为明治神宫的参道，后代指表参道、原宿、青山一带，
属于繁华购物街，集中了许多名牌旗舰店。

绢 (独白)　　离天竺鼠[1]的喜剧表演开场还有点儿时间，所以我来表参道消磨时间了，感觉到大家都在看我，这才注意到……

看到映在商店玻璃橱窗上自己的影子，才意识到身上还系着纸围裙，慌忙扯下来团成一团儿。

绢 (独白)　　偏偏在这种时候，遇见了以前约会过一次的富小路。

富小路翔真（22 岁）登场。

翔真　　好久不见（努力回想中）……好久，不见……

绢 (独白)　　嗯，这人根本不记得我叫什么。

1　天竺鼠是日本的一个喜剧二人组，由川原克己和濑下丰于 2004 年 4 月组成。

7　烤肉店店内（夜晚）（回想）

一起吃烤肉的绢和富小路。

绢 (独白)　想起来了，上次我也是穿了新买的毛衣，结果被他拉去吃烤肉。

明明刚吃完拉面还很撑，依旧拼命地吃着烤肉。

绢 (独白)　每次我觉得看上去放松随意、还不错的男生，大多都没把我当回事儿。

进来一个光鲜亮丽的女孩，她向富小路打招呼。

8　涩谷街头（回想）

翔真　　　回见（努力回想中）……回头见！

富小路和惹人注目的女孩一起离开。

绢微笑着向他们挥手告别。

看表，发现已过午夜十二点半，开始小跑。

绢 (独白)　一不小心就快赶不上末班车了。

9　网咖·单间（回想）

狭小的单间里，绢凝视着手里的天竺鼠喜剧现场表演门票。

绢 (独白)　早知道就去看天竺鼠了。

闻闻毛毯，好臭。

10　飞田给车站前（清晨）（回想）

　　　　　　绢走出车站，抬头，看到天空泛白。

绢（独白）　昨晚实在是糟糕透了，清晨这个时间回家，真不是滋味。

11　车站前大道（回想）

　　　　　　绢一路走着。

绢（独白）　每到这种时候，我都会想起一件事。2014 年的世界杯，东道主巴西队输给德国队，被灌了七个球。那时巴西举国都在悲痛狂叫。我再怎么惨，也比那会儿的巴西人强吧。嗯，我幸福多了，幸福多了。

绢摸到口袋里有东西，拿出来一看，是拉面店的纸围裙。

12 八谷家·绢的房间

绢点击了木乃伊展门票的购买键。

绢（独白）　就在我想着"木乃伊展就够了，不做更多奢望"的时候……

手机忽然振动起来，绢疑惑地看着手机屏幕。

13 情趣酒店街

寒风呼啸中，麦（21岁）坐在一张小小的折叠椅上，手拿计数铃，正在做人流量统计的小时工。各色男女情侣走进情趣酒店，麦一一记录下人数。

麦 (独白)　我是山音麦，21 岁。大学生。至今还不
　　　　　懂石头剪子布的输赢规则。

　　　　　一个五十出头、公司职员模样的大
　　　　叔和一个二十出头的女子慢慢走近。

大叔　　　这样不太好吧？

　　　　　大叔态度消极，女子拉住大叔的手，
　　　　领着他走进情侣酒店。

麦 (独白)　石头赢剪子，剪子赢布，这两步我懂。
　　　　　布赢石头，为什么？布包石头明明会破
　　　　　掉。这么矛盾的规则，人类为什么毫不
　　　　　怀疑就接受了呢？人生真荒诞。

14　调布的公寓·室外（夜晚）

麦拎着便利店的购物袋回到公寓。

打开信箱，里面只有大量商业宣传单。

麦（独白）　月租金五万八千日元[1]的公寓信箱里塞着售价三亿两千万一套的豪宅广告。今年最好笑的笑话。

麦的嘴角微微上挑。

15　麦的房间

麦坐在暖桌里，吃着便利店买来的便当，在纸上画着画。画上有日期，是一幅日记性质的速写，画着刚才正在看豪宅广告的自己。

1　约为三千人民币。

麦 (独白)　最近状态不太好，我也不知道为什么。
　　　　　大概是燃尽症候群[1]吧。

16　麦的房间（回想）

　　　　　　　麦坐在暖桌里，用笔记本电脑搜索
　　　　着地图。

麦 (独白)　三个月前，我用街景视图搜索这附近，
　　　　　发现了一个奇迹。

　　　　　　麦心想着"欸，不会吧"，惊讶地
　　　　盯着画面。
　　　　　一条普普通通的街巷路边的视图，
　　　　路边的人影正是拎着便利店购物袋的
　　　　麦。虽然面部被虚化了，但衣服和今天
　　　　的一样，一看就知道是麦。

1　指来自人际关系、工作等方面的慢性压力堆积所致的疲惫和情绪上
　　的消耗感。

17 大学校内（回想）

　　麦用笔记本电脑给同学冲田大梦（21 岁）看街景视图里的自己。

　　麦一脸"怎么样？厉害吧！厉不厉害"的表情。

麦（独白）　　那个时候，冲田君说，真厉害！真神奇！没想到能在街景视图上看到熟人！

大梦　　恭喜你！

麦（独白）　　听大梦这么说，我就请他吃了饭。

　　紧接着，麦又给岸川和熊田也看了。

岸川　　这么厉害！超棒欸！

麦（独白）　　也请了岸川。

熊田　　能当一辈子的回忆亮点吧。

麦（独白）　　还有熊田。

　　麦身边围着五六个人。

麦 (独白)　　那段日子好得像做梦。

　　　　　　同年级的卯内日菜子（21岁）路过，
麦看到她，向她展示电脑画面。

麦　　　　　卯内同学！卯内同学！

18　调布公寓·麦的房间

　　　　　　麦看着电脑上的街景视图。

麦 (独白)　　今后，我身上还能发生比那更兴奋的事
　　　　　吗？！

　　　　　　关上电脑，躺倒。
　　　　　　忽然想起什么，猛地坐起来，从上
衣口袋里拿出钱包，从里面取出一张票。
　　　　　　是天竺鼠喜剧现场表演的门票。

打开手机确认当天的日期，对照票上的日期，沮丧地趴倒在暖桌上。

麦 (独白)　曾经有人说，如果放弃了地上的一切，人就会飞上天空。现在我离起飞不远了吧。正当我这么想着的时候……

手机忽然振动起来，麦看向手机屏幕。

19　西麻布的卡拉 OK 店（夜晚）

店员在前面带路，绢整理着缠到一起的耳机线，走过通道。

绢 (独白)　我被叫来西麻布凑人数了。

进入卡拉 OK 单间，里面装饰华丽，还有大型屏幕，一群 IT 男模样的人正和年轻女孩一起唱《奇迹》[1]。

*

　　绢坐在角落，观察着周围的男女。

绢（独白）　在一家精心掩盖住卡拉 OK 店本色的卡拉 OK 店里唱卡拉 OK 的 IT 男，就和精心掩盖住街痞本色的街痞一样⋯⋯

IT 男们　最终问题只有一个，就是做还是不做嘛。

绢（独白）　他们最喜欢这么说。

　　女孩们凑到一起，让 IT 男帮忙拍照。

绢（独白）　她们要发到 Instagram 上的合影里只有女生，不要男的。

1　日本 GReeeeN 乐队在 2008 年推出的畅销单曲。

把烟灰缸移出照片构图范围。

*

绢被邻座大叔搭讪。

绢 (独白) 不知不觉间，旁边的大叔对我说起他去年切除半个胃的事。这里是哪儿？我为什么来这种地方？每次我都会这么想。

绢开始用手机搜索最新的拉面排行榜。

20　明大前车站·站前

麦拆着缠到一起的耳机线走出车站，四下环视，继续走。

21　明大前的卡拉 OK 店·通道和单间内

　　　　　麦带着"好像是这里"的表情走进单间。

　　　　　狭窄单间里坐了差不多十个人，正在热唱《RPG》[1]。众人的视线落到麦身上，歌声停了。

高杉　　　你是卯内叫来的吧。

麦　　　　对。（环视）卯内呢？

吉越　　　（对众人说）给他让个座，让个座。

　　　　　众人原本就坐得很满，硬给麦挤出一个座位。

麦　　　　卯内呢？

高杉　　　卯内说今天晚上月亮的形状不吉利，就不参加了。

———————————

1　世界的终结乐队（SEKAI NO OWARI）于 2015 年推出的畅销单曲。

| 吉越 | 她好像很信灵媒那一套。 |

麦刚要站起来，又有刚到的三个人走进单间。

| 吉越 | 让个座，让个座！ |

麦被挤到最里面，动弹不得。

22　明大前车站·站前

绢走出车站，看了看周围，继续走。

23　拉面店内

绢系着纸围裙，吃着拉面，用手机记录拉面分数时，来了一条 LINE 短信。ID 是"母亲"，内容是"回来路上捎点儿卫生卷纸"。

24　路上

　　绢走在路上，双手拎着卫生卷纸。

　　路上不时有人匆匆跑过。

　　能听到有人说"马上就是末班车
了"。

　　绢看看手机，也慌忙跑起来。

　　小跑着的人中也有麦。

　　绢和麦都在跑，没有察觉到对方。

25　明大前站·站前

　　绢和麦一路跑来，看到了车站的检
票口。

　　车站的显示牌上显示着"末班车"
的字样，传来报站声。

绢、麦掏出 PASMO 卡[1]。两人同时把卡按到检票端，麦的卡被弹飞了。

绢	啊！（十分抱歉的表情）
麦	（"没关系！你赶快进站吧"的表情）
绢	（犹豫）
麦	（"快走吧"的表情）

绢返身捡起 PASMO 卡，交到麦的手上。

两人四目相接，好像在说："啊，谢谢。""不用谢。"两人再次把卡按到检票端。

绢顺利进站，麦的卡却引发了电子警报音。

麦	糟了，余额不够了……
绢	（"什么"的表情，皱起眉头看着他）

1　日本的一种铁路、公共汽车通用的非接触型 IC 卡。

绢跑上通往月台的台阶。

　　麦拿着卡向车站管理员走去。

麦　　　　余额……

　　就在这时，车站显示牌上的信息消失了，电车驶远的声音传来。

麦　　　　（愣住）……

　　麦呆立在原地，一时不知所措。

　　还有两个人也没赶上末班车，一个是公司职员模样的恩田友行（29 岁），一个是打扮得非常惹眼的原田奏子（27 岁）。

奏子　　　（对友行说）刚开走的那趟就是末班吧?

友行　　　估计是。

　　　　　　　　　　　　　　　花束みたいな恋をした

就在这时，绢双手拎着卫生卷纸，沮丧地走下台阶。

奏子　　　看来得等早晨头班车了。

友行　　　（冲着麦）你知道有哪家店能一直待到早晨吗？

麦　　　　（看向绢）啊？

26　咖啡店内

四人座位上，绢和麦坐在一起，对面是友行和奏子。

奏子　　　（看向友行）您明天休息？

奏子开始抹护手霜。

麦　　　　（看着奏子，暗想：这人一坐下来就开始抹护手霜。）

友行　　　明天中午过后再去公司也行。

　　　　　店员拿来擦手用的湿毛巾，每人面
　　　前放一块。

奏子　　　您做什么工作？
友行　　　出版方面的。

　　　　　奏子用湿毛巾擦手。

麦　　　　（暗自疑惑：你不是刚抹完护手霜吗？
　　　　就用毛巾擦手。）

　　　　　绢表情淡然，友行和奏子平静地说着
　　　话。
　　　　　麦正想着"没人对这个吐槽吗"，
　　　忽然看到对面座位上的两个男客。

麦　　　　啊……

友行	嗯?（顺着麦的视线回头看男客）
麦	（压低声音）不能看。
奏子	怎么了?
麦	（压低声音）神正在那里……

押井守[1]在和男性同伴喝酒。

绢也看过去。

友行和奏子偷瞧，却不知道麦说的

是谁。

奏子	神?
麦	（竖起食指"嘘"）就是那个喜欢狗的人! 还爱吃立食荞麦[2]!
友行	很有名吗?
麦	啊? 你们都不看电影?
友行	看啊。经常有人说我是狂热影迷呢。
奏子	你都看什么?

1　押井守（1951— ），导演、剧作家、动画人，代表作有《机动警察》《攻
　　壳机动队》等。

2　店内不设座椅、顾客立食的荞麦面店，上菜迅速，价格便宜。

友行	比如有一部片子叫《肖申克的救赎》。

绢开始挠脖子。

奏子	要说我去年看过的片子，还得数《魔女宅急便》……
麦	《魔女宅急便》（当然好极了）……
友行	哦，演过 NHK 晨间剧的女孩演的那个吧？ [1]
奏子	对对。
麦	呃，真人版啊？

绢低下头，不让别人看见她的脸。

友行和奏子开始紧挨着，坐到一起说话。

麦 （独白）	大神就在你们眼前，你们却在说什么真

---

1 麦以为奏子说的是 1989 年上映的宫崎骏动画《魔女宅急便》，实际上奏子说的是 2014 年真人版《魔女宅急便》。主演小芝风花，在 2015 年底的 NHK 电视台晨间剧《阿浅来了》里有出演。

人版《魔女宅急便》。就是因为你们这些人吧！世界才会有那么多真人版！

绢偷瞄麦的侧脸。

27　店外·路上

几个人走出店，友行和奏子乘上出租车走了，剩下绢和麦在原地。

麦向绢点头，打了一个客气的招呼后，拆着缠到一起的耳机线，走开了。

绢目送着麦的背影。

绢 (独白)　我觉得，出于礼貌，我该告诉他一下的。

绢追上去。

绢 (独白)　那时的我，也很兴奋。

绢追上麦。麦露出吃惊的表情。

绢　　　那真的是押井守欸。

麦　　　啊……

绢　　　刚才那是押井守吧!

麦　　　你，知道他?

绢　　　无论喜欢与否，押井守那样的名人，知
　　　　道他应该是社会常识。

麦　　　（露出笑脸）对，世界级的名人。

　　　　仿佛终于说出了自己想说的话，两
　　　　人互相注视着，面露喜悦。

麦 (独白)　就这样，我们因为押井守认识了。

　　　　两人肩并肩迈出步子。

麦　　　啊，还有那个……

绢　　　那个护手霜。

麦　　　对。那人明明刚抹完。

| 绢 | 就立刻用湿毛巾擦了手。 |

两人一起"哧哧"笑起来，不小心挥手碰到路边的自行车，自行车倒了一排。

两人慌忙扶起自行车。

28 居酒屋内

绢和麦在门口脱鞋。

麦	你住在飞田给站附近啊。
绢	嗯。我一直在调布站换车。
麦	那我们可能擦过肩。

麦接过绢脱下的鞋子，和自己的鞋一起放进鞋柜。两人忽然都愣住了，他们的鞋子一样，都是白色的匡威"开口笑"。

*

　　　榻榻米坐席上三三两两坐着些年轻

人。绢和麦手拿酒杯，面对面坐着。

绢　　　我是八谷绢。喜欢的话的是"加面免

　　　费"。

麦　　　我是山音麦。喜欢的话是"撬棍似的东

　　　西"[1]。

　　　两人干杯。

　　　麦看着缠到一起的耳机线，说："没

办法，每次都是这样。"

　　　绢拿出自己的耳机，说："确实。"

*

1　日本媒体报道盗窃事件时，在作案工具尚未确定的情况下，经常使
　　用"撬棍似的东西"来指代破门工具，暗示有可能是，也有可能不是。
　　这句话由此转化，指代一种暧昧的态度。

花束みたいな恋をした

绢和麦愉快地喝着酒。

绢	Cero[1] 的高城在阿佐谷开的那个店……
麦	哦，Roji，我去过。但就算去了，也未必能和高城搭上话。
绢	我认识的一个人，因为和高城聊了天，才变成他的粉丝，第二天就把柚子[2]的 Quo 卡[3] 都出给了大黑屋[4]。
麦	哇！啊，再来一杯?
绢	好的。
麦	（叫店员）劳驾，两杯嗨棒[5]!

*

1　2004 年成立的日本乐团，主唱高城晶平在东京都杉并区阿佐谷开有一所名为 "Roji" 的咖啡馆。

2　1998 年出道的在日本家喻户晓的双人乐队。

3　一种全日本通用的储值预付卡。柚子乐队曾与其他公司合作，推出过 Quo 卡。

4　连锁二手商店，兼营小额外汇买卖、储值卡兑换现金、票证转让等。

5　原名 HighBall（高球），嗨棒是音译。即一种混合了威士忌、苏打水及冰块的调制酒。

绢和麦都有点儿喝醉了。

各自从背包口袋里拿出文库本，腼腆地互相交换。

绢　　　（打开麦的文库本）穗村弘[1]的书我基本都看了。

麦　　　（打开绢的文库本）长岛有[2]的书我基本上也都看了。因为没钱，都是等出了文库本才看。

绢　　　我也是，或者从图书馆借。

麦　　　作家里你还喜欢谁？

绢　　　我看的都很普通噢。石井慎二、堀江敏幸、柴崎友香、小山田浩子、今村夏子、圆城塔。当然还有小川洋子、多和田叶子、舞城王太郎、佐藤亚纪[3]。

1　穗村弘（1962—），日本歌人、翻译家。
2　长岛有（1972—），日本作家、漫画家、俳人。
3　这里提到的作者基本都是得过芥川奖的纯文学作家。

　　　花束みたいな恋をした

麦一边听，一边赞同。忽然察觉到绢的文库本里夹着一张用过的电影票根，电影是《自由之丘》。

麦　啊，八谷桑你……

绢发现的电影票根是《穿裘皮的维纳斯》。

绢　山音桑，你也是电影票书签党啊。
麦　嗯，我是电影票书签党。

*

两人都喝醉了，靠着墙说着话。

绢　天竺鼠在 Lumine[1] 开专场了呢。
麦　哦哦哦。

1　东京新宿的 Lumine 购物中心，附设吉本喜剧剧场。

绢	我票都买好了，却没去成。
麦	我也是。

　　麦从钱包里拿出天竺鼠的门票。

麦	明明买了，却给忘了。

　　绢从钱包里拿出天竺鼠的门票。
　　两人交换门票来看，一起惊讶。

麦	（指着自己和绢）如果去了，说不定就在会场见过面了。
绢	（指着自己和麦）真的！对噢！不过，如果去了，可能今天就不会相遇了。
麦	有可能。这么说，这是让我们今天在这里相遇的门票。

　　两人一怔，同时注视对方，四目相对。
　　又都不好意思，移开视线。

両人同时开口。

麦　　你平时听《菊地成孔¹的美妙夜电波》
　　　吗？

绢　　欸？嗯，当然听啊。

麦　　抱歉，你刚才想说什么？

绢　　我去下洗手间。

麦　　好。（伸手指方向）店门口向右走到头。

　　　绢点头示意，站起来，离开座位。

麦　　（看着绢的背影，心怀好感地露出淡淡
　　　微笑）

　　　　　　　　　　　＊

　　　绢看着鞋柜里并列摆放的两双匡威
　　　"开口笑"。

1　菊地成孔（1963—　），爵士音乐人、作曲家、作家。2011 至 2018 年间，
　　曾在 TBS 广播电台主持一档名为《菊地成孔的美妙夜电波》的节目。

绢	（心怀好感地露出淡淡微笑）

*

距离缩短的绢和麦。

两人的脸凑得很近，一起看着麦手机里的天然气仓照片。

麦	有段时间我很迷天然气仓。你知道吗？东京都内的话，高岛平、芦花公园、千岁鸟山、南千住都有，各式各样的。
绢	哇哦。
麦	我拍过视频，（自嘲）还剪辑成片子了。
绢	电影吗？哇，想看！
麦	不好不好，三个小时二十一分呢。和《指环王》一样长。从头到尾全是天然气仓！
绢	我想看，想看！感觉比《霍比特人》有意思。
麦	那，现在去看？

　　　　　　　　　　　　花束みたいな恋をした

绢　　　　走啊走啊。

　　　　　　就这么若无其事地，淡淡地决定了。

　　　　　　这时，绢的手机响了。

　　　　　　只见屏幕上显示是"母亲"来电。

绢　　　　（给麦看手机）我出去一下。

麦　　　　好。

　　　　　　绢站起来，走出店。

　　　　　　这时，店员带着客人走进来。两女
　　　　一男，其中之一是卯内日菜子。

日菜子　　哎呀，被我看到了。山音君！你怎么在
　　　　这儿？

麦　　　　（面露惊讶）

　　　　　　日菜子走到麦的身边，揽住麦的肩膀。

日菜子　　为什么，你怎么在这儿？为什么？

| 麦 | 不是，我刚才去卡拉OK店了。他们说，你觉得月亮形状不吉利所以不来了。 |

稍远处，绢回头看着这边。

| 日菜子 | 哈，什么嘛？听他们胡说八道。为什么啊？你为什么在这儿?（看桌子）你和别人一起来的? |
| 麦 | 啊，嗯……（寻找） |

绢已经转过身去，走出了店门。

| 麦 | （一怔）…… |
| 日菜子 | 一起喝一起喝！正好二对二。 |

和日菜子同来的男女像是一对情侣。

| 麦 | （有些为难）…… |

*

绢返回座位。

麦去了日菜子等人的座位。

日菜子　月亮形状不吉利是什么？什么嘛。
麦　我也不懂……

麦看到绢返回，回到原位上。

麦　我马上就过来。
绢　（给麦看手机）刚联系好了，今晚我去朋友那里。

绢看看账单，从钱包里拿出两千两百日元，放在桌上。

绢　对不起，我先走了。

绢背好双肩包，拎起两包卫生卷纸，向麦和其他人点头致意。

绢　　　　　（笑脸）你们好。

　　　　　　　绢离开。

日菜子　　我一直想和麦君好好地聊一次天。

　　　　　　　日菜子一副亲切可爱的表情注视着
　　　麦。
　　　　　　　麦沉默。

29　路上

　　　　　　　双手提着卫生卷纸，向前走的绢。
　　　　　　　从后面追上来的麦。

麦　　　　　对不起，请等一下，欸……

　　　　　　　麦站到绢面前。

绢	是不是钱不够?(想掏钱包)
麦	(从绢的手里取下一包卫生卷纸,自己拿好)我们顺路。
绢	我朋友家就在这附近。
麦	嗯,这种话,一听就知道是骗人的。
绢	没有没有没有,没骗你。
麦	少来少来少来。
绢	真的真的真的……

过来一辆自行车,麦抓住绢的手腕,把她拽过来。

两人一个致谢,一个表示不用客气。

绢	山音,我,想去那种一看就知道是卡拉OK店的卡拉OK店。

30 卡拉OK店·单间内

绢唱着蘑菇帝国乐队的《停表错觉[1]》。

麦一边看着绢唱歌的样子，一边跟着唱。

31 甲州大道

绢和麦边走，边喝罐装啤酒。

绢　　你知道什么是"停表错觉"吗?

麦　　不知道。

绢　　就是你偶然瞄了一眼表，发现显示数字正好是你的生日，你心跳加快了，这就叫停表错觉。

1　英文为 Chronostasis，指注视跳动的钟表秒针时，看到的第一次跳动仿佛比第二次要长久，是初看的印象长久映在脑中导致的错觉。

两人笑着干杯。

*

麦　　　　我超喜欢《这里是亚美子》[1]。

绢　　　　我喜欢《野餐》。

麦　　　　那个真的震撼。

绢　　　　《野餐》之后，今村女士好像没再写新
　　　　　作。

麦　　　　好想看诶。前不久我摇晃在电车上，看
　　　　　到邻座也在读这本……

绢 (独白)　他把"乘坐在电车上"形容成"摇晃在
　　　　　电车上"。

绢　　　　（面露赞同喜悦的表情）哇……

*

───────────

1. 《这里是亚美子》（日文书名『こちらあみ子』），今村夏子 2011 年
   出版的小说集，获得第 24 届三岛由纪夫奖。后文提到的《野餐》一
   篇收录在其中。

绢	所谓石头剪子布，握拳是石头，竖起食指和中指是剪子，伸开手掌是布，对吧？
麦	（没想到绢会说这个）对……
绢	布怎么可能赢过石头呢？明明会破的。
麦 (独白)	现在我知道有一个人，也有同样想法。
麦	（心里美滋滋）说的也对噢！

32　调布车站前

两人走到车站，同时举起双手。

天开始下雨了。

33　调布的公寓外

雨中，将卫生卷纸紧紧抱在胸前的绢和麦一路跑来，冲上台阶。

34　公寓内·麦的房间

　　　　　　绢和麦都被雨淋湿了。一边脱着外
　　套，一边走进房间。

绢　　　　不好意思打扰了。
麦　　　　请进请进。

　　　　　　麦从晾衣架上取下毛巾。

麦　　　　用这个。（示意绢擦头发）

　　　　　　绢正打量着书架。

麦　　　　八谷……（把毛巾递给绢）
绢　　　　这不就是我家的书架嘛！
麦　　　　（慢慢露出喜悦的微笑）

　　　　　　　　　　＊

绢和麦钻在暖桌里，吃着盖浇冰激淋的苹果派，看着笔记本电脑的画面。

麦 (独白) 我们就这样，一起看了我从未给别人看过的剧场版天然气仓。

伴随着背景音乐，麦拍摄的天然气仓影像流淌而过。

麦 (独白) 看到一半，我有点儿饿了，就做了烤饭团。

麦站在厨房里，用烤鱼的铁网烤着米饭团子，往饭团上刷着酱油。
绢一边吃烤饭团，一边连声称赞"好吃！好香"。

麦 (独白) 她吃了两个。

绢钻在暖桌里，伏倒在桌上。

绢　　　　　我就睡五分钟。

麦（独白）　她这么说着，在最有意思的地方睡着
　　　　　　了。

　　　　　　　　熟睡的绢。
　　　　　　　　麦端详着绢的睡颜。

麦（独白）　一小时后她醒了。告诉我：电影很好看，
　　　　　　她该走了。那时我想，完了，我被讨厌
　　　　　　了。

35　调布车站附近的巴士站（清晨）

　　　　　　　　雨已经停了。麦送绢离开。
　　　　　　　　一人拿着一包卫生卷纸。
　　　　　　　　巴士驶来，车门敞开，绢上了车。

绢　　　　　（回头）国立科学馆马上要开木乃伊展

了。

麦　　啊?

绢　　如果你不嫌弃，山音，我想和你一
　　　起……

　　　话没说完，车门关闭了。

麦　　（表示愿意似的点头，做嘴型说"好
　　　的"）

绢　　（松了一口气，露出微笑）

　　　巴士驶远了。

　　　麦手里还拿着一包卫生卷纸。

36　调布的公寓·麦的房间

　　　麦回来了，房间里依然萦绕着绢的
　　　气息……

　　　麦看着书架，想起绢刚才的话。

　　　　　　　　　　　　　　　　　花束みたいな恋をした

麦坐进暖桌里，准备好纸和笔，开始画画。

37　飞田给车站附近的巴士站

巴士到站，绢下车。

绢仰望天空，阳光晃眼，她不由得眯细眼睛。

绢走在路上，与上班的人们逆行而过。

心中依旧有喜悦和兴奋。

38　调布的公寓·麦的房间

麦写好日期，注视着刚画好的画。

画上是绢和麦并肩看着书架的背影。

39　八谷家·门外到玄关

正要进家的绢，迎面撞上要出门上班的父亲八谷芳明和姐姐八谷蓝。

不早不晚，最坏情况。绢垂下视线。

芳明　　（冲着门内）妈妈，我们彻夜未归的小绢回来了！

蓝　　　爸！邻居们会听到的。

绢推开两人，走进家门。

绢 (独白)　太可惜了。

正要出门上班的母亲八谷早智子走出来。

早智子　你看看现在几点了。

　　　　　　绢把卫生卷纸塞到母亲怀里，上了
楼。

绢 (独白)　太可惜了，太可惜了。

40　绢的房间

　　　　　　一进房间，绢就猛关上门，拉上窗
帘。

绢 (独白)　都别和我说话，别覆盖掉我的记忆。

　　　　　　栽倒似的横躺到床上。

绢 (独白)　我还想在昨夜的余韵里多待一会儿，如
　　　　　　果有适合这种时候的音乐就好了。

　　　　　　抚摸着头发，回忆。

41　调布的公寓外（回想）

　　　　　　雨中，绢和麦冲上台阶。

绢（独白）　从调布车站步行八分钟，他的公寓里放着很多国家的《地球步行手册》[1]，都是他尚未制定旅行计划的国家……

42　同一个场景·麦的房间（回想）

　　　　　　并肩站在书架前的绢和麦。

绢　　　　这不就是我家的书架嘛！

　　　　　　绢发现了速写簿。

绢　　　　这是山音你画的？

1　《地球步行手册》是日本公司地球步行方出版的旅游指南丛书。自1979 年创刊以来，《地球步行手册》系列已出版超过 100 本图书。

麦	哦……要是能拿这个当职业就好了。哎，这可是该笑的地方哦？你应该笑的……
绢	我，我喜欢你的画。
麦	……

麦不知该说什么，默默走开。

绢认真看着每一张画。

绢 (独白)　晕黄的路灯切映出一面淅沥的雨丝。我坐在窗边，看着他的画，他脸红了，嘴里说着会感冒的，从浴室里拿来吹风机。

麦把插头插进电源里，手拿吹风机走到绢的身后。

绢 (独白)　吹风机的电源线勉强够长。他开始给我吹干头发。

绢眼睛追随着画，任由麦给她吹头

发。

绢 (独白)　那一刻我有预感，仿佛即将要发生什么，我心跳得咚咚响，幸好被吹风机声盖住了。

　　　　　麦为绢吹着头发，表情始终很羞涩。

麦 (独白)　她喜欢我的画。她喜欢我的画。她说了，她这么说了。她说她喜欢我的画。

43　调布公寓·麦的房间

　　　　　暖桌里，笔记本电脑画面是木乃伊展的官网。
　　　　　麦坐着睡着了。

麦 (独白)　她说她喜欢我的画。

44　二月，上野公园附近

在约定地点见了面的绢和麦，一见面，两人都不好意思地笑了。

两人的衣服非常相似，还各自拿着一个带有 JAXA 标志的托特包，只是颜色不同。

脚上都是白色的匡威"开口笑"。

眼前是木乃伊展的巨幅海报。

绢　　　（声音里带着兴奋）走吧。

麦　　　（多少有点儿犹豫）好……

45　连锁家庭餐馆店内（夜晚）

绢和麦面对面坐着。

绢看着展览会画册上的木乃伊照片，"咯咯"笑着。

绢   太好看了！（"咯咯"笑出声来）

麦   嗯，我都表达不出感想了……

   一头茶色头发的店员土志田美帆（25 岁）走过来问两人要什么。

美帆 请问两位要什么?

   麦指向菜单。绢指向画册里的木乃伊。

绢   哦，我要……（发觉拿错了，收起画册）

         *

   店里客人少了很多，绢和麦依旧站在饮料台前，都在笑。

绢   我家邻居，男的长得超像村上龙，妻子像小池荣子。

麦	哈哈，你家邻居是不是住在寒武宫殿[1]里！

两人都笑。

麦	（察觉到店内已经没多少客人了）我们走吧。
绢	好。

两人穿好外套，拿出钱包。

绢	对了，你看《黄金神威》[2]了吗?
麦	看了，好看死了。

两人又聊到兴头上，脱掉外套。

1　作家村上龙与演员小池荣子在东京电视台共同主持着一档名为《寒武宫殿》的经济类节目。

2　漫画《黄金神威》(日文书名『ゴールデンカムイ』)，2014 年开始在《周刊 YOUNG JUMP》连载，作者为野田悟。

麦（独白）　　最终，话题又转到星余里子[1]、蒸汽波音乐、饭事剧团[2]的舞台剧《我的星球》[3]上。

绢（独白）　　我们在座位和饮料台之间往返了三次，晃过神来，发现又到了末班车时间。

46　行驶的京王线电车内

　　　　　　　车内十分拥挤，绢和麦气喘吁吁地拽着车门附近的吊环。

绢（独白）　　他是不是觉得，我们是朋友？

麦（独白）　　她是不是以为，我们只是兴趣相投？

1　星余里子（1974—），日本女性漫画家，连载有漫画《今日的猫村小姐》。

2　日文名ままごと（mamagoto），由剧作家兼导演柴幸男创立的日本剧团。

3　剧作家柴幸男的作品，2014年首演，演员均为高中生。讲述人类大规模移居火星后，留在地球的高中生筹备文化祭的一天中发生的故事。

47　公园

　　　　　　绢和麦坐在食堂汽车旁的座椅上，
吃着薄饼卷菜。

麦 (独白)　　有人说，如果一起吃过三次饭还没有告
　　　　　白，就只能做普通朋友了。

绢 (独白)　　我开始焦虑了。

48　调布的公寓·麦的房间

　　　　　　麦看着手机照片，照片前景是薄饼
卷菜，后景是照虚了的绢。

麦 (独白)　　不见面时思念时间的长短，决定了喜欢
　　　　　还是不喜欢，如果真是这样，那确定无
　　　　　疑了。

49　八谷家·绢的房间

绢看着手机照片，照片前景是薄饼卷菜，后景是照虚了的麦。

绢 (独白)　他对店员的态度很亲切。他调整了步幅，为了和我步调一致。如果这些都算感情卡上的积分，那早就积满了。

绢开始用 LINE 给麦发短信。

绢 (独白)　下次我一定要告白。

50　调布的公寓·麦的房间

麦开始用 LINE 给绢发短信。

麦 (独白)　我想好了，下趟末班车之前一定要告白。

51　高岛平的天然气仓　（黄昏）

并肩走来的麦和绢。

住宅街巷中，赫然出现巨大的天然
气仓。

麦 **(独白)**　我们一起去看了天然气仓。

兴奋的麦和绢。

绢　哇，比想象中的还棒！我以前小看天然
气仓了。

麦　我说的没错吧。（麦用手指比出画框）
女孩遇见天然气仓！酷毙了。

两人互相拍照。

绢 **(独白)**　离末班车时间还有八小时。

麦 **(独白)**　从现在开始要改变气氛了。

52　连锁家庭餐馆店内（夜晚）

绢和麦坐在与上次同样的座位上，吃着饭。

绢　　　　早稻田松竹的电影排片太让人期待了。

麦　　　　对对！还有下高井户小剧场[1]！

绢 (独白)　为什么话题越说越远？

麦 (独白)　离末班车还有三小时。

*

麦　　　　买吐司，你是五片党，还是六片党？

麦 (独白)　不行不行！越扯越远了。

绢 (独白)　还剩两小时。

*

1　早稻田松竹影院和下高井户小剧场都是单馆艺术片影院。日本的单馆电影院始自昭和时期，指主要放映规模较小的小众电影或独立电影的小型影院。

土志田美帆走近，绢和麦正看着宣传单。

麦　　　（对比着宣传单上的主唱 PORIN 和眼前的美帆）真是同一个人欸！你在玩乐队啊！

美帆　　刚刚出道，还不行呢。

绢　　　（照读宣传单）Awesome City Club ？

美帆　　YouTube 上有，可以找一下噢。

麦　　　会听的。（拿起手机，忽然想到机会来了）请问，有浪漫一些的曲子吗？

绢　　　（马上领悟）嗯，情歌型的。

麦（独白）好！抓住机会！

绢（独白）还剩一小时。

两人共用一副耳机，一个听 L，一个听 R。

气氛变得浪漫起来，互相凝视。

两人刚要开口说话，过道对面座位

上的男人一脸怒气地睨视过来。

男录音师　你们俩一点儿都不喜欢音乐吧。

　　　　　　两人都吃了一惊。

男录音师　耳机的 L 端和 R 端出来的声音不一样。

　　　　　　男录音师开始给两人上课。

麦 (独白)　接下来的一个多小时里，我们听了一堂
　　　　　　唱片混音技术讲座。

　　　　　　　　　　　*

　　　　　　意兴阑珊的绢和麦。

麦　　　　快到末班车时间了。

绢　　　　是啊。

麦　　　　那……

绢　　　　嗯……

　　　　　两人心有不甘地穿上外套，站起来
　　　准备离开，一个新人模样的男店员走过来。

店员　　　让您久等！您要的巧克力帕菲！

　　　　　两人面前摆上了一个巧克力帕菲。

麦　　　　啊？我们没要啊。

店员　　　请稍等……（确认账单）糟了！真对不
　　　起！我弄错了。

　　　　　店员正要撤掉帕菲。

麦　　　　如果可以，我们……

绢　　　　嗯，想吃想吃。

麦　　　　就放在这儿吧。

店员　　　谢谢！

店员鞠躬后离开。

两人微笑，开始用手机拍帕菲。

两人的手机画面里，互相映出帕菲后面的容颜。

看着画面中的面容，两人好像忽然想起了什么。

麦	（看着画面中的绢）八谷……
绢	（看着画面中的麦）嗯……
麦	你愿意和我交往吗？
绢	嗯，我愿意。

两人放下手机，对视，露出羞涩的笑容。

53　飞田给的十字路口

麦把绢送到家附近。

绢	前面不远就是我家了。
麦	嗯，那就到前面亮一些的地方。

穿过路口。

绢	我不太喜欢白牛仔裤。
麦	嗯？
绢	如果我的男朋友穿了白色牛仔裤，那我可能会有那么一点点不喜欢。
麦	知道了。不穿白色牛仔裤。
绢	你呢？你也有这种介意的点吧？
麦	玩 UNO 的时候……
绢	玩 UNO 的时候？
麦	（点头，开始模仿其他人说话）"你刚刚没说 UNO，要多拿两张牌！"我和说这种话的人合不来。
绢	知道了。我避开这句。
麦	就这些。好，晚安。

麦返身，横穿人行道。

绢	山音！红灯。
麦	啊。

　　　　　等待绿灯。

麦 (独白)　红灯久久不变绿。

　　　　　两人四目相对，羞涩地微笑。
　　　　　再确认一下信号灯，还是红灯。
　　　　　再次四目相对，互相露出笑脸。
　　　　　麦伸出手，抓住绢的手。
　　　　　绢回握。
　　　　　麦愣了一下，把脸贴近。两人接
吻。

麦 (独白)　红灯依旧没有变绿。
绢 (独白)　那是一个按键式信号灯。
麦 (独白)　谢谢你，按键式信号灯。

吻罢，两人笑着凝视对方。

绢	对了，还有一条。
麦	你说。
绢	我喜欢这种互动，希望以后能频繁进行。
麦	好的。

两人将脸贴近，再次亲吻。

54　调布的公寓·麦的房间

夜晚，绢和麦钻在暖桌里，吃着烤饭团，用电脑看着电影。

麦（独白）　那之后的一星期里，我们去原美术馆看了展，在人形町吃了炸牡蛎，请阿谭[1]

1　指泰国漫画家 Wisut Ponnimit。

画了漫画大头像。

　　房间里摆着请阿谭画的大头像。
　　放在地板上的绢的手。麦伸手拉
住。
　　绢回握住麦。

麦 (独白)　就这样，三月一个风很大的晚上，我们
中途放弃了一场无聊的电影，第一次上
了床。

＊

　　消了音的电影。电脑屏幕发出微光，
隐约照亮床上相拥厮缠着的绢和麦。
　　窗外的风声。两人的喘息。

＊

　　清晨，床上的绢和麦。

両人面颊相贴。笑。接吻。情热嬉戏中，再次缠绵。

绢 (独白)　我在他的房间里连住了三夜。没去大学，没去参加求职宣讲会。一直在他的床上，做了无数次。

厨房。洗碗池边缘。

麦 (独白)　在这儿也做了。

放着蜜柑的暖桌。

麦 (独白)　还有这儿。

被子下传来声音。

麦的声音　小绢不行不行小绢天啊。
绢的声音　行的来吧。
绢 (独白)　第三天，冰箱全空了。我们去了附近的咖啡店。

55　咖啡店内

吃着松饼的绢和麦。

麦 (独白)　看，刚做完爱的两个人，正在吃松饼。

56　调布的公寓·麦的房间

浴室浴槽中的绢和麦。

往对方头发上乱浇着洗发水，打出
几乎要刺痛眼睛的大量泡泡。

绢 (独白)　第四天，我和他都要去打工，于是我回
家了。

57 八谷家·起居室（早晨）

往吐司上涂着黄油的绢。

厨房台面上放着手机，绢查阅着最新的博客文章，不小心把吐司弄掉在地板上。

涂着黄油的一面着了地。

绢 (独白)　几年前我看过一个标题是"恋爱生存率"的博客。现在看到新闻报道，博主明衣自杀了。

绢坐在地板上，看着手机新闻。

绢 (独白)　对我来说，明衣仿佛就在我眼前，每一句话都是说给我听的。她的文章总是同一个主题。事情的开始，也意味着终结的开始。

58 静冈的海岸边

当日往返的小旅行。漫步在海边的绢和麦。

神情爽朗远眺大海的麦，一旁凝视着他的侧脸的绢。

绢 (独白) 明衣说，相遇之中已包含了别离。恋爱像一场派对，不知将在何时散场。所以热恋中的人们各自带来珍惜之物，围绕在桌前，倾听，畅谈，享受欢乐之下的惆怅暗痛。

互相用一次性简易胶片相机拍照。

绢通过取景框凝视麦。

绢 (独白) 明衣虽然这么主张，但是一年前，她在博客中说自己恋爱了，不想把这场恋爱变成一夜狂欢的派对。

　　　　　绢对着大海拍照，回头，却看不见
　　　麦的身影。

　　　　　绢变得不安，环视寻找，呼唤麦的
　　　名字。

绢（独白）　虽然一场恋爱的存活率只有百分之几，
　　　　　但她会闯过去的。明衣这么半开玩笑地
　　　　　说过之后，自杀了。

　　　　　麦买好两份银鱼饭回来。

绢　　　（嗔怪地砸他的肩）真是的，我快担心
　　　　　死了！

绢（独白）　也许明衣目睹了一场恋爱的消亡。也许
　　　　　她想殉死而去。但这都只是我的想象。

　　　　　黄昏落日时分，两人坐在沙滩上，
　　　麦从后面搂住绢，共同眺望着大海。

绢（独白）　我并不想把自己的恋爱投射到明衣的事

上。我和麦的派对，现在刚刚进入最高
潮。

59　炭火烤肉餐厅"爽"（夜晚）

正在等位的绢和麦。

绢很珍惜地捧着一次性简易胶片相
机。

麦　　（确认车票）小绢，再不走就赶不上新
干线了。

绢　　嗯，下次再来吧。

两人放弃等位，离开。

60　调布的公寓·麦的房间

麦在厨房准备吃的。

　　　　绢从纸袋中拿出洗好的照片，并列
　　摆开。

　　　　照片上是海边的绢和麦。

　　　　麦拿来吃的。伸手拿起一张映着玛
　　格丽特菊的照片。

麦	经常看到这种花，这是什么花？
绢	（刚要开口）……
麦	嗯？
绢	据说，如果女孩说出了花的名字，那么男孩在之后的人生里，每次看到这种花，都会想起这个女孩。
绢 (独白)	这是明衣说的。
麦	啊，这是什么道理？那就赶快告诉我啊！
绢	让我想一想嘛。（故意避开他，走向厨房）
麦	别跑！（追上去）

61 六月，一处小艺廊

摄影展的开幕派对正在举行。

墙上挂着谜样的艺术类照片。绢和麦看着照片，一脸"这究竟是什么涵义呢"的表情。

大梦叫他们过去，摄影师青木海人（28岁）和恋人川岸菜那（27岁），友人羽村祐弥（24岁）和中川彩乃（23岁）正聚在一起喝香槟。

海人搂着菜那的腰。

男的都头戴黑帽子，穿着各自喜欢的 T 恤衫。

绢　　（看着众人，想道：他们都戴着黑帽子呢。）

麦　　（向众人介绍）这是小绢。

祐弥　哦，（指着两人）你们是……

麦　　这我女朋友。

花束みたいな恋をした

众人一起欢呼。

海人	（对绢说）展览怎么样？
绢	特别棒。
菜那	你的真实想法是，为什么这些人都戴着黑帽子啊。对吧？
绢	（略微尴尬）有一点儿。
菜那	自我意识越强的人……
绢	帽檐越宽……
菜那	我喜欢她欸！麦君，你女朋友好棒！

绢和麦都不好意思地笑了，海人拿起相机，拍下这一幕。

海人和菜那的肩头文着情侣文身。

绢感兴趣地看着文身。

62　行驶着的京王线电车内

绢和麦。

绢	除非有绝对不会分手的自信，才能文那种情侣文身。
麦	等等，小绢，你没有这种自信？
绢	嗯，你会劈腿也说不定，对吧？（说完微笑）

　　麦充满爱意地注视绢的侧脸。

麦 (独白)	我第一次看见她哭，也是在这个夏天。

63　八月，调布的公寓·麦的房间

　　窗外是明亮的夏日阳光。

　　桌上堆满求职资料。绢在填写简历。

麦 (独白)	连日来她忙着找工作，废寝忘食，说要把耽误掉的时间都弥补回来。

麦冲好咖啡，放在绢面前。

绢　　谢谢。

喝一口咖啡、继续填表的绢。麦看着她忙碌。

*

头发束到脑后、身穿求职西装的绢。

穿不惯高跟鞋而磨出泡的脚后跟，以及贴好创可贴出门的绢。

取下晾晒衣物、目送绢出门的麦。

*

日子过去。坐在暖桌里画画的麦。

手机振响，麦慌忙拿起。

麦	面试怎么样？
绢的声音	唔。
麦	嗯？
绢的声音	就那样，还凑合。
麦	（稍微诧异）好吧。
绢的声音	小麦，你在干什么？
麦	画画。海人说要给我介绍一家出版社，我得准备作品。
绢	哦，这样啊。加油。挂了啊，晚安。
麦	晚安……等等！小绢等一下！
绢的声音	嗯？
麦	小绢，你，是不是在哭？

64　新宿高楼区街道一角

安静而昏暗的大厦峡谷间，穿着一身居家衣服、一路跑来的麦。

找到等在那里的绢。绢穿着求职西

装。

绢 　　（看着麦脚上的拖鞋，眼睛里涌上泪水，微笑着说）你就这么上了电车?

　　　　没等她说完，麦把她搂进怀里，紧紧抱住。

麦（独白）　这几天，她参加了一场又一场的压力面试。

65　调布的公寓·麦的房间

　　　　麦把做好的饭盛给绢。

麦 　　这种手法也能大肆盛行，现在的日本真是疯了。

绢 　　你发什么火啊，没办法，都怪我不争气。我开动了。

麦	小绢没有错。那个面试官太差劲了。
绢	那人职位很高的。
麦	就算他职位高，这种人吧，就算看完今村夏子的《野餐》，内心也不会起波澜。
绢	（苦笑）这种话，对求职没用的。
麦	那就别找工作了。不想做的事情不要勉强。
绢	每次回家都受不了。在我父母眼里，毕业不马上找工作，就等于不走正路。
麦	（不假思索地说）那不如就住这儿吧。
绢	（浮现微笑）这个嘛……
麦	（看着绢，认真地说）我们同居吧。

66　十月，多摩川沿岸的公寓・房间里

　　　　麦走到阳台上，阳台非常宽敞，正前方能看到多摩川。

| 麦 | （兴奋起来）小绢快来！快点儿！ |

　　　　絹正和房屋租赁中介一起看房子，
闻声过去。

絹　　　（看着阳台）哇噢！
麦　　　会"哇噢"吧？没错吧！
中介　　从这里去车站，要步行半个小时。

　　　　絹和麦都没听中介讲话，兀自在阳
台上指指点点。

麦　　　这里要铺木地板。
絹　　　放椅子和桌子！

67　多摩川沿岸的公寓·两人的房间

　　　　这是一个大开间，厨房、起居室和
卧室一体。
　　　　絹和麦各自拽着窗帘一端，往窗户

上挂好。窗帘的色调非常优美。

摆放唱片。摆好书籍、漫画和照片。

不再用暖桌，换成纯木矮桌。

两人抬着沙发安置好。

阳台上，已经铺了木地板。

并肩依偎在一起眺望着多摩川的绢和麦。

麦 _(独白) 距离京王线调布车站步行三十分钟的公寓，能看到多摩川的房间，我和她开始了二人生活。

玄关里并排放着两人的匡威"开口笑"。

68　面包房

拿着刚买来的花束和卫生卷纸的绢

和麦走进店内。面包房的老式货柜里，摆着各种馅料面包。

绢 (独白)　十月二十九日，在公寓附近发现了一家老夫妇开的面包房，炒面面包很美味。

两人兴致勃勃地看着面包。

69　路上

手里拿着花束和卫生卷纸，边走边吃炒面面包的绢和麦。

麦　　　（看着面包房积分卡上的老夫妇简笔画像）真人不是这种笑脸噢。

绢　　　（吃着面包）好吃。

70　十一月，多摩川沿岸的公寓·两人的房间

在桌前画画的麦。

麦（独白）　十一月一日，我开始在网上接插画的工作，一幅画一千日元。

71　冰激淋店内

绢系着围裙，把冰激淋杯拿到准备间，女店长和男兼职员工正在亲热。

绢（独白）　十一月一日，我开始在冰激淋店打工了。店长和兼职的男孩子出轨了。

72　调布车站·站前（夜晚）

麦读着文库本等人。

绢走过来，叫他。

麦 (独白)　　等她打完工，我们在车站前碰头，一起走回家。

73　回家路上

拿着咖啡纸杯，边走边说话的绢和麦。

绢 (独白)　　回家路上的这三十分钟，比什么都珍贵。

74 十二月，多摩川沿岸的公寓·二人的房间

夜晚，绢和麦把从便利店买来的小蛋糕放进两个碟子，过圣诞节。

互相交换礼物。

麦打开礼物，是蓝牙耳机。绢打开礼物，是蓝牙耳机。

绢 (独白)　十二月二十四日，我们交换了圣诞礼物。

*

另一日的夜晚。歪倒在床上，一边吃零食一边看《宝石之国》第三卷的绢和麦。

互相传递着纸巾，擦着眼泪。

麦 (独白)　十二月二十九日，我们两个在床上吃着

零食，一起看了《宝石之国》，大哭了一场。

*

大晦日[1]。

给房间做着大扫除的绢和麦。

夜晚，两人一起做了跨年荞麦面吃。

绢（独白）　大晦日，我没有回父母那儿。和麦一起做了大扫除，吃了跨年荞麦面。

75　附近的神社

几乎没什么新年参拜客的小神社。

拍掌的绢和麦。

1　即除夕夜，但在日本指阳历十二月的最后一天。

忽然听到什么声音，两人走过去看。

麦（独白）　我们去附近的神社新年参拜，在同居第一年的最后一日，捡回一只猫。

纸箱里有一只黑色小猫崽。

76   字幕

"*2016*"

（手写文字）

77　一月　多摩川沿岸的公寓·二人的房间

猫在房间里走动。

麦在桌前画着猫。

在猫食碟里放罐头喂猫的绢。

绢 (独白)　我们给猫起了名字。

绢　Baron（男爵）！

麦 (独白)　给猫起名字，是一件非常神圣的事。

78　四月，调布车站·站前（夜晚）

麦来迎接绢下班。

麦 (独白)　我和她都大学毕业了，成了零工族。

麦把杂志上的标题《吃得特别慢》[1]

1　日文原刊名『たべるのがおそい』，书肆侃侃房出版社出版的纯文学
　　杂志，内容以小说、翻译作品和短歌为主。

指给绢看。

麦　　　看这个，好像是新创刊的杂志，登了一
　　　　篇今村夏子的新作。

绢　　　别骗我，（看杂志）真的欸！

　　　　　就势靠在路边栏杆上，开始看杂
　　　志。

绢 (独白)　四月十三日，读了今村夏子的新作。

79　六月，多摩川沿岸的公寓·二人的房间

　　　　　吃着"栗林"饺子店的外带煎饺，
　　　喝着啤酒的绢和麦。
　　　　　在两人脚边打盹儿的猫。

麦 (独白)　六月三日，在府中的栗林买了煎饺，从
　　　　中午就开始喝啤酒，简直不像话。

绢指着电脑画面，让麦看。

绢　　　　快看！这个人好像就是……

　　　　　YouTube 上的页面播放着 Awesome
　　　　　City Club 的 *Don't Think, Feel*（《别想，
　　　　　去感受》）的 MV，主唱 PORIN，正是
　　　　　连锁家庭餐馆的招待美帆。

麦　　　　餐馆的那个姐姐。
绢　　　　真是她！了不起！超棒！
麦　　　　哇，舞跳得真好诶！真看不出！

　　　　　两人兴奋地看着 PORIN 唱歌。

绢 (独白)　餐馆的姐姐染了金发，艺名 PORIN，已
　　　　　是走红歌手。

　　　　　　　　　　*

另一日，并坐在阳台椅子上手拉着手打着盹儿的绢和麦。

麦 (独白)　说起来很不可思议，我最近总能持续地感受到时间的流逝。

80　冰激淋店内

绢正在打工，为客人做着蛋筒冰激凌。

81　多摩川沿岸的公寓・二人的房间

在桌前画画的麦。

手机上显示出一条 LINE 短信，他拿起来看，上写："麻烦追加三幅专栏页插画，报酬一千日元，谢谢。"

麦觉得不对劲，回复："是一幅一千日元吗？"

新来短信显示"三幅一千日元"。

麦虽然有些犹豫，还是回复了"好的"。

绢打工回来了。

麦　　你回来啦……

绢　　（手里拿着手机）怎么办，我爸妈说明天过来。

麦　　啊……

绢　　你小心点儿，我爸妈是广告公司的，卖的就是价值观，肯定会用花言巧语笼络你的。

*

另一日夜晚，一起吃饭的绢、麦、早智子和芳明。

早智子　　进入社会就和泡澡一样。

绢　　　　这是餐桌，别发表策划案。

芳明打量着房间里陈列的唱片。

芳明　　　（对麦说）你不听 OOR[1] 的歌？

麦　　　　啊，我可以听的。

芳明　　　我给你两张 OOR 演唱会的票，你们两
　　　　　个去听吧，OOR。（强调 OOR）

早智子　　倒不是说非得让你们去大企业就职，只
　　　　　要普普通通好好上班就行。

芳明　　　（对麦说）现在我在上奥运会……

绢　　　　上奥运会的是运动员，不是广告公司。

早智子　　进入社会就和泡澡一样，进浴室之前嫌
　　　　　麻烦，进去泡着了，就觉得真不错。

麦　　　　确实是这样。

绢　　　　（拽拽麦）这就是广告公司的话术。

早智子　　人生啊，就是承担责任。

1　ONE OK ROCK，日本摇滚乐队。

芳明　　　（手机响了，看手机）啊，比吕先生来
　　　　　电话了。

麦 (独白)　可怕的是，三天后，我父亲也从新潟老
　　　　　家来了东京。

*

　　　　　另一日，夜晚。麦的父亲山音广太
　　　郎来访，三人一起吃饭。
　　　　　广太郎一直在用手机循环外放着平
　　　原绫香的《木星》[1]。

广太郎　　你小子是长冈人，除了烟花，其他的不
　　　　　用考虑！

麦　　　　别扯了。

广太郎　　东京的烟花一点点大，太小了，给我赶
　　　　　紧回家。

1　新潟县长冈市，以夏季烟花大会著名。长冈市将 2005 年设定为自然
　　灾害复兴元年，此后每年在大会上放一组主题为《浴火凤凰》的盛
　　大烟花，背景音乐即平原绫香演唱的《木星》。

　　　　　　　　　　　花束みたいな恋をした

麦　　　　我有想做的事。

广太郎　　那每月生活费我可就不给了。统统捐给
　　　　　烟花大会。

　　　　　麦心中动摇。

82　回家路上（另一个夜晚）

　　　　　绢和麦边走边说话，手里拿着便利
　　　　店咖啡。

麦（独白）　每月五万日元的生活费化成了烟花，咖
　　　　　啡也变成了便利店的咖啡。

83　小艺廊（另一个夜晚）

　　　　　海人正在拍摄水槽里的水母，麦帮
　　　　忙做着照明。

麦	菜那呢？今天没来？
海人	银座。她对付色老头子有一手。
麦	（若有所悟）哦……
海人	唔，都是临时的。现在大川老师很看好我，只要我能拿到广告，就有钱了。
麦	哦。
海人	麦君，（做出画画的动作）还可以吧？
麦	最近单价越来越低。
海人	要不我和菜那说说，她会给小绢介绍一家好店的。
麦	啊？
海人	你得挺住！协调性和社会性都是才华的敌人。
麦	……

84　道路

麦走在回家路上，手机收到 LINE

短信。

麦打开看，短信显示："三幅一千日元，拜托了。谢谢。"

麦犹豫了一下，回复："抱歉，我记得以前约定的是一幅一千日元。"

片刻后来了短信："这样噢，那我上免费插画网找好了，没关系的。再见。"

85　多摩川沿岸的公寓·二人的房间

麦给刚洗完澡的绢吹着头发。
麦关了吹风机。

麦　小绢，那什么，我打算找工作了。

绢　啊？

麦　虽然有点儿晚了，我打算求职了。

绢　画呢……

麦　工作业余也能画，等生活有了保障，再

把重心转移到画上就可以了。

绢　　是因为我爸妈这么说了吗?

麦　　不是不是。你看，好久没有推出新作的今村夏子，最近写了新作,《家鸭》很好看，对吧? 家庭餐馆的姐姐更是，PORIN 姐，现在多炫啊。我觉得不能就这么待着了，不行吗?

绢　　不是不行。我还以为，我们会一直这么生活下去。

麦　　以后也会这么生活下去。只是我要去上班了，其他的并不会变。毕竟没钱的话，连书也买不了，电影也看不成，对吧?

绢　　嗯。但是……

麦　　（绽开笑容）我要上班了。

86　八月　多摩川沿岸的公寓·二人的房间（另一日早晨）

绢站在阳台上，目送身穿求职西装

的麦走远。

绢　　　　　（挥手）路上小心。

　　　　　　向绢挥手，渐行渐远的麦。
　　　　　　绢返回房间，打开大信封。
　　　　　　里面是簿记二级资格考试的函授课程资料。

87　办公大厦·大厅

　　　　　　麦走进，穿着不习惯的西装，浑身不得劲。

绢 (独白)　那个夏天，就算电影《新哥斯拉》上映了，《黄金神威》出了第八卷……

88　面试会场

正在接受面试的麦。

绢（独白）　就算新海诚突然成了"宫崎骏第二"，就算涩谷的 PARCO[1] 关门了，我们的求职生活还在继续。

89　多摩川沿岸的公寓·二人的房间（夜晚）

深夜，麦填写着简历。
绢在看簿记学习资料。

绢（独白）　变成普通人，真的太难了。

1　PARCO 是一家日本连锁时装大楼品牌及企业。1973 年开业的涩谷
PARCO 曾是涩谷文化的代名词。它于 2016 年停业，原地新建了大
厦，2019 年 11 月重新开业。

　　　　　　　　　　　花束みたいな恋をした

90 十二月·牙科医院

医生通知绢被录用了，绢鞠躬行礼。

麦（独白） 十二月，考取了簿记二级的绢先找到了正式工作。

91 多摩川沿岸的公寓·二人的房间（另一个夜晚）

绢用电脑看着 Awesome City Club 的歌《就在今晚做些不会错的事》的视频。

PORIN 的头发现在是粉红色。

麦伏在桌前填着简历。

麦（独白） 就算 PORIN 姐的头发染成了粉红，就

算 SMAP × SMAP[1] 要结束了，我一个人
的求职生活还在继续。

*

绢先去睡了。

麦伏在桌前继续填写简历。

麦 (独白)　一月她就要正式上班了。我想在年内找
到工作。

绢起身，看着伏案的麦。

绢 (独白)　但愿一切顺利。

麦 (独白)　可惜工作没找到，就迎来了新年。

_____

1　SMAP 乐队五人成员出演的电视综艺节目，1996 年 4 月开播，2016
年 12 月 26 日迎来最后一期。同年 12 月 31 日，SMAP 乐队宣告解散。

92   字幕

"*2017*"

（手写文字）

93 一月，牙科医院

做着会计工作的绢。

94 牙科医院外

绢和两个同事走出来。一个是平野
爱梨，一个是若槻花织，打扮得都很漂
亮。

绢   再见。

若槻   呵，八谷每次都是单独行动。

若槻和平野语气平淡，眼神却意味
深长。

绢   （察觉到了什么，笑着举起手）好吧，
我也去。

平野　　　　来吗？考利多街¹。收集名片。

95　考利多街的啤酒馆内

绢与平野、若槻一起喝着酒。

平野　　　　（压低声音）来了来了！

年轻男三人组递来名片。

男　　　　　我们请客，想喝哪种？
平野·若槻　那……龙舌兰！

绢稍有畏怯，麦打来电话。

绢　　　　　我去下洗手间。

1　考利多街（Corridor-gai），或称高架回廊街。位于东京银座和新桥
　　之间，聚集了很多欧洲风格的小餐馆和酒馆，夜晚非常热闹。

96　啤酒馆·洗手间

　　　　　　　绢回拨麦的电话号码，走进单间卫
生间坐下。

绢　　　　　抱歉，我刚看到……
麦的声音　　小绢……
绢　　　　　嗯，你在哪儿？
麦　　　　　我拿到 offer 了。

　　　　　　　绢百感交集，不由得靠倒在墙上。

绢　　　　　太好了……恭喜……

97　多摩川沿岸的公寓·二人的房间

　　　　　　　阳台上，围桌吃着饭，喝着葡萄酒，
开着庆祝会的绢和麦。
　　　　　　　绢看着物流运输公司的小册子。

麦	虽然是新公司，专门做网络销售的物流，发展前景很好。
绢	嗯。
麦	还有一点特别好，那就是五点肯定能下班。
绢	就是说，不耽误画画？

麦眺望着河面，点点头。

麦	我松了一口气，真的。这样就能永远和小绢在一起了。

绢惊讶地看着麦。

麦	认识小绢两年了，我遇到的都是开心事。

绢点头。

麦　　　　　今后也要一起生活下去。我的人生目标，
　　　　　就是和小绢维持现状。

　　　　　　　绢露出喜悦的微笑，点点头。
　　　　　　　两人眺望着河面。

麦　　　　　要买任天堂 Switch！
绢　　　　　好期待《塞尔达传说》！

98　六月，多摩川沿岸的公寓・二人的房间（另一日的早晨）

　　　　　　　匆忙准备出门上班的绢和麦。
　　　　　　　电视机旁放着任天堂 Switch。

麦（独白）　虽然买了 Switch 和"塞尔达"，没想到
　　　　　研修特别忙，刚打到卓拉领地就停下
　　　　　了。

99　麦的公司·办公区

虽然忙碌却兴致勃勃的麦。

绢 (独白)　他进了营业部，有时晚上八点多才能到家。因为是新入职的，没办法。

100　回家路上（夜晚）

走在路上的绢和麦，喝着与以前一样的咖啡馆咖啡。

绢　《牯岭街少年杀人事件》马上就要下线了。周五有时间吗?

麦　周五……不行，晚上要参加欢迎会。

绢　（微笑）好吧。电影别的时间也能看。

101 八月，韩国餐馆（夜晚）

绢、菜那、祐弥、彩乃和大梦一起吃着芝士辣鸡。

大梦　因为海人没钱，所以才分手的？

菜那撩起头发帘，给众人看额头上的伤痕。

祐弥　啊？这是他打的？

彩乃　渣男。

大梦　不过，我觉得海人的处境也很难，他有想做的事情，却不被世人认可，一个没忍住就……

菜那　（向绢苦笑）麦君真的很了不起。

绢　（礼貌地报以微笑）……

　　　　　　　绢和只脱了西装上衣、解了领带的
麦。麦在吃便利店买来的乌冬。

麦　　　人分手了，情侣文身还在，也太尴尬
　　　　了。

绢　　　菜那说想见你呢，下周有时间吗？

麦　　　我刚被指派了一个独自负责的区域。（希
　　　　望绢能听懂他的意思）

绢　　　（怔了一下）这样啊。

麦　　　公司让我提交策划书呢，而且最近我刚
　　　　扩展了人脉。（请你理解我）

绢　　　（理解了）太好了。

　　　　　　　麦微笑。

　　　　　　　吃完乌冬，麦拿着餐具去了厨房。

　　　　　　　桌面上，麦的画具被现在的工作资
料挤到了角落，绢看在眼里……

　　　　　　　厨房里，麦轻轻叹了一口气……

103　多摩川沿岸的公寓·二人的房间（另一个夜晚）

　　绢正在读泷口悠生[1]的《茄子的光辉》。

　　麦用电脑做着数据表格。

　　绢读完书，带着感动和满足，长舒一口气。

　　绢拿着书，刚要对麦说什么，麦的手机响起了 LINE 的短信提示音。

麦　　（看手机）那个什么舞台剧，是哪天来着？你上次说要一起去看的那个。

绢　　《我的星球》?（心里有些不解，拿起桌上的舞台剧宣传页给麦看）星期六。

麦　　本来我是星期天出差，但现在他们说要提前一天去。

绢　　（有些不知所措，马上微笑着）嗯，没

1　泷口悠生（1982—），日本小说家，2016 年芥川奖得主。

事儿。

　　　　麦看着绢。

绢　　没事儿！

麦　　还是星期天走，星期六去看剧吧。

绢　　嗯，为什么？没关系的……

麦　　怎么会没关系！票已经买好了吧。

绢　　工作嘛，没办法的。

麦　　现在这样子，其实我也不愿意。一说就是因为工作，我心里也不好受。

绢　　我懂。

麦　　我们现在的生活习惯合不到一起。

绢　　啊？（表示惊讶）

麦　　我的意思是，对我来说，现在很关键……

绢　　我懂。

麦　　你刚才的表情明明是"又来了"。

绢　　我当然会想"又来了"，因为真的"又来了"。但我想说的是……

麦　　没办法，所以我说了要去看剧啊！

绢　　什么叫"没办法"？好像我在逼你似的。

　　　你要这样，我就不想去了。

麦　　啊？

绢　　最近，你的"没办法"也太多了。

　　　　　麦露出"真麻烦"的表情。

绢　　少来这种嫌弃脸！

麦　　没办法，那我就不做嫌弃脸。

绢　　你这是什么态度？

麦　　我的态度又惹某人生气了。

绢　　（深呼吸了一下）我不想为这种无聊小

　　　事吵架。

麦　　那部舞台剧，我们以前看过吧……（回

　　　忆）我记得看过，那时我们还说，要是

　　　能再次上演就好了。

　　　　　绢露出"对！就是那个"的表情。

麦	是我不好。

　　绢点点头，把《茄子的光辉》递给麦。

绢	这本很好。出差时带上吧？
麦	谢谢。

　　手机再次收到 LINE 短信。麦斜瞥了一眼。

　　绢无声地站起来，走远。

　　麦把文件放到《茄子的光辉》上面。

　　《茄子的光辉》的下面，是麦还没有开读的一摞书。（三本书分别是佐藤亚纪的小说《不摇摆就毫无意义》、小川哲的小说《游戏王国》、近藤聪乃的漫画《A 子的恋人》。）

　　两人各忙各的。

104　静冈某处，停车场前的自动售货机前

　　　　　　麦和公司前辈横田圭祐（33 岁）一起从车后备箱里取出工作需要的物品。

横田　　前五年咬牙忍着，加油干五年之后就轻松了。

麦　　　（一边想着"太长了"，一边说）我明白了。

　　　　　　横田拍拍麦的肩膀，先走了。
　　　　　　麦正要跟上去，《茄子的光辉》从包里掉下来。
　　　　　　麦把书放进车里，追上横田。

105　三鹰市艺术文化中心前

　　　　　　能看见饭事剧团《我的星球》的上演海报。演出结束了，观众走出来，其

中有绢的身影。

或许是感动的余韵还在，绢用手指拭去眼角泪水。

106　静冈，炭烤餐厅"爽"店内

和横田一起吃着汉堡肉排的麦。

横田　　好吃吧！为了这家餐厅我都想搬来静冈了。

麦　　　（心情复杂地说）好吃……

107　十月，多摩川沿岸的公寓·二人的房间

麦伏在桌前，在做从公司带回来的工作。

绢给他放了一杯茶。

麦继续工作。绢走回沙发。

麦　　　（察觉到那杯茶）啊……谢谢。

绢　　　（微笑）累了吧。

　　　　绢启动 Switch 上的《塞尔达传说》，
电子声稍微有些大。
　　　　麦停下工作。

绢　　　啊，抱歉。

麦　　　没事噢。塞尔达?

绢　　　嗯。光是攀崖就好好玩。现在我玩到
水神兽瓦·露塔那儿了，正打 Boss 呢，
你要不要玩一会儿?

麦　　　啊，我不用了，你玩吧。

绢　　　也对。抱歉啦。

　　　　麦摇摇头，表示没关系，继续埋头
工作。
　　　　绢调低声音，开始打游戏。
　　　　尽管声音小了，正在工作的麦依然

有些在意。

正在拼命打 Boss 的绢，发出低声惊呼。

麦开始在包里找东西。

绢	吵到你了吧。
麦	（从包里拿出耳机）不要紧。
绢	（看着麦的举动，面露惊讶）
麦	你把声音调大玩吧。
绢	（摇摇头）我换个时间好了。
麦	不要紧的。你也工作一天了，该休息的。
麦	（戴好耳机）

声音消失了。

绢呆怔地看着麦，说不出话来……

麦继续工作，根本没留意绢正愣愣地看着他。

108　十二月·涩谷的路上（夜晚）

　　　　街上充满圣诞节气氛。并肩而行的
绢和麦。

麦　　快圣诞节了，我们去逛商店吧。
绢　　我想看电影。

　　　　绢拉着麦的手，带着他走。

109　涩谷欧洲空间电影院内

　　　　一起看着《希望的另一面》[1] 的绢和
麦。
　　　　兴奋的绢。
　　　　根本看不进去的麦。

―――――――――

1　2017 年上映的芬兰电影，阿基·考里斯马基导演。

110　书店

　　绢手里拿着几本文库本，从书架上取下 Mook《吃得特别慢》第四期，左右张望着寻找麦的身影。

　　麦在另一个书柜前，绢走过去看。

　　麦在商业经管类书架前，手里捧着前田裕二的《人生的胜算》[1] 在看。

　　绢本想招呼麦，却改变了想法，转身离开。

111　多摩川沿岸的公寓·二人的房间

　　绢熄灭起居室的灯，走进卧室，麦坐在床上正在看手机。

麦　　今天的电影很好看。

1　2017 年的商业类励志热门畅销书，内容俗套却名气很大。

绢	（明明知道他在敷衍）嗯，好看。

    绢关掉灯，躺进被子里。只保留了
床头灯。

麦	和我同期进公司的同事，马上要结婚了。

    麦也躺下来。

麦	你想过这个吗？
绢	嗯？
麦	什么时候合适……什么的……
绢	……（歪歪头否定）
麦	没想过？
绢	没想过。
麦	我认为可以考虑一下了。
绢	啊！

    绢想关掉床头灯。

麦	你还想让我做什么？比如看电影什么的。
绢	……阳台的灯泡坏了。
麦	哦对对，你上次说过了，抱歉抱歉。
绢	没事儿。
麦	我会换的。晚安。
绢	晚安。

关掉床头灯，两人睡觉了。

| 绢 (独白) | 我不太懂。对三个月没做爱的恋人说什么结婚，他究竟怎么想的？ |
| 麦 (独白) | 我不太懂。为什么她还这么学生气？是不是不想两个人一直在一起？ |

112　　字幕

"2018"

（手写文字）

　　　　　　　　　　　花束みたいな恋をした

113　一月，多摩川沿岸的公寓·二人的房间（夜晚）

猫在走。

绢在用电脑看《怪奇物语》，麦在看商业经管类书籍。

两人各自带着耳机。房间里一片寂静。

绢去厨房拿了一个橘子，麦也过去，从冰箱里拿出茶水。

两人没有说话，各自返回原位。

猫看着他们。

114　三月，街角

快餐车附设的桌椅上，绢和菜那吃着咖喱。

菜那　说真的，你不动脑筋的话，兴致很难提起来的。

绢　　　动什么脑筋？

菜那　　用点儿小玩具什么的。

绢　　　（苦笑）也太傻了吧。

菜那　　你们在一起三年了吧。

　　　　她们背后，加持航平（40岁）发现
　　　　了菜那，向这边走过来。

绢　　　（没注意走过来的加持）啊？照你这么
　　　　说，世间所有交往三年的情侣都在用玩
　　　　具吗？

　　　　加持犹豫。

菜那　　（看到加持）啊，加持君！

　　　　绢吃惊地回头，不好意思地锁紧双
　　　　肩，点头致意。

　　　　　　　　　　　花束みたいな恋をした

115　公寓附近的面包房前

绢渐渐走近，手里拎着购物塑料袋。

走到面包房前，惊讶。

店门上贴着手写的停业告示：衷心感谢各位五十八年来的光顾与厚爱。

绢深受打击，说不出话来。

116　麦的公司·办公区

自动销售机旁，麦用纸杯喝着饮料，和后辈小村胜利（23 岁）说着话。

麦　　镝木运输的司机把送货卡车开到海里了。

小村　啊？怎么回事？

横田走过来。

麦	搞清司机姓名了吗?
横田	饭田。你认识吗?
麦	前一阵子我和他一起找过遗失货物。他和我同年。
横田	听说公司要成立事故对策组,估计要让你来负责。

　　横田买完饮料走开。

　　麦有些不知所措,这时传来手机振动声。

　　是绢发来的 LINE 短信:"大木先生的面包房关门了(哭泣表情符)。"

　　麦叹气,忍着不耐烦开始回复。

117　多摩川沿岸的公寓·二人的房间(傍晚)

　　绢看着手机,麦的 LINE 短信回复:"在车站前的面包店买不就行了。"

绢沉默。

LINE 短信再次发来。绢看，不是麦发来的，而是加持。"上次说的事，你想好了吗？"

绢沉默。

118　　麦的公司·仓库

小村给麦看手机上的新闻。

是快递配送司机把卡车开进了东京湾的新闻报道。

新闻门户网站上，不知是谁上传了司机的大头照。

麦把手机还给小村，看向仓库内部。

汇集而来的快递纸箱堆积如山。

全部大量浸水，破损严重。

麦拿起一个水淋淋的纸箱。

麦 (独白)　　配送途中把卡车开进东京湾的那个司机，
　　　　　　在新潟县被捕了。他不仅与我同龄，还
　　　　　　是同乡。警察审问他时，他说："我不想
　　　　　　干那种谁都能干的工作，我不是苦力。"

119　麦的公司·会议室（某日深夜）

　　　　　　改为"事故对策室"的房间。

　　　　　　白色写字板上，写满了关于遗失货
　　物赔偿的会议记录。

　　　　　　麦和小村埋头整理着大量的遗失货物
　　表。

小村　　说真的，我有点儿羡慕他。谁都有想抛
　　　　掉一切、逃得远远的时候。

麦　　　我不羡慕。人活着，就得担起责任。

小村　　哇，累不累啊？

麦　　　你这话什么意思？

小村　　对不起喽——（说完，走出房间）

麦忍不住想把手里的一堆资料扔掉，但是忍住了，把资料放好。

麦躺在地上的睡袋里。

还没睡，用手机玩着解谜小游戏。

120　麦的梦

某日，麦悠闲地躺在床上，和绢一起看着《宝石之国》。

麦的声音　我的人生目标，就是和小绢维持现状……

121　四月，多摩川沿岸的公寓·二人的房间（夜晚）

换了居家衣服的麦，在沙发上坐下来。

回头，看见绢在厨房里，一边跟着音乐扭动，一边喝着罐装啤酒。笔记本电脑上用 YouTube 放映着 Awesome City Club 的音乐短片 *Dancing Fighter*（《舞斗者》）。旁边放着看到一半的《黄金神威》第十三卷。

麦看着这一切，感觉离自己那么遥远，无言。

绢喝着罐装啤酒，拿来茶壶和茶杯，手不稳，险些掉到地上。

绢　　还没干完？（给麦看手里的啤酒）喝吗？

麦　　《黄金神威》现在都出到十三卷了？

绢　　嗯？啊，嗯，越来越好看了。（看着茶壶）等一下。

麦　　嗯……（冷冰冰）

绢察觉到麦不高兴，露出微笑。

绢放下啤酒，关掉音乐，收拾起了漫画和书。

花束みたいな恋をした

麦看过去，发现其中有活动策划公司的策划书。

麦好奇，拿过来看。

绢一时惊慌。

麦　　　（粗略翻了一下）这是什么？

绢镇定下来，坐直身体。

绢　　　我打算换个工作。

麦　　　啊?（微笑）

绢　　　活动策划公司。我跟朋友聊起喜欢的电影，他们就邀请了我。是派遣编制，工资也比现在少。不过我现在下班后经常过去，也跟着学东西……

麦　　　那现在的工作呢？哪个朋友？

绢　　　我已经跟医院说要辞职了。朋友就是这家活动策划公司的社长。

麦　　　你等等，等等。怎么都是我不知道的事？

绢	对不起。
麦	为什么啊？你好不容易考到资格证，进了现在的医院，为什么要轻易放弃？
绢	（点点头）你说得对。不过，我干着干着，总觉得那个工作不适合我。
麦	工作就是工作，哪有什么适合不适合。就算不适合，为什么要去活动策划公司呢，那儿就适合你了？
绢	我想发挥自己的兴趣爱好。
麦	兴趣爱好。
绢	这个公司在做密室逃脱什么的，有时候要改编漫画，还会做音乐推广宣传什么的。
麦	哪儿是正经工作啊，这不是玩儿嘛！
绢	就是玩儿。这就是公司宗旨，把游戏当成工作，把工作当成游戏。
麦	俗透了。
绢	（微笑）确实有点儿俗。而且每天都在喝龙舌兰酒。
麦	工作不是游戏。你想过没有，去这种不

靠谱的公司，万一干不下去呢？

绢　　到时候自有办法……（话到嘴边却忍住了）我懂的，麦君对工作充满责任感，非常辛苦，忍受了许多委屈。

麦　　没什么可叫苦的，因为是工作。虽然有时候去谈业务，对方的老头子冲我喊"去死"，还向我吐口水。那时我想，也许我生来就是向人低头的命。不过没什么可叫苦的，因为这就是工作。

绢　　（心疼地说）那个客户有病吧。

麦　　他职位很高的。

绢　　就算是高管，差劲就是差劲。那种人，就算看了今村夏子的《野餐》，内心也不起波澜。

麦　　……

绢　　小麦被那种人伤害……

麦　　我已经毫无感觉了。

绢　　……

麦　　对我来说，《黄金神威》停在第七卷上。《宝石之国》已经忘光了。小绢现在还在追，我真羡慕你。

绢　　你也可以看呀。就当是放松一下也好。

麦　　放松不了。根本看不进去。（给绢看手机）
　　　我只有力气玩消消乐。

绢　　……

麦　　这都是为了生活，所以一点儿都不辛苦。
　　　（苦笑着）发挥自己的爱好特长？人生
　　　哪有这么简单。

绢　　（摇头）我们因为喜欢，才在一起的，
　　　为什么总是谈钱呢？

麦　　就是因为想和你在一起呀！所以连不喜
　　　欢的事情也做了……

绢　　不喜欢的事情，我不想做。我想开开心
　　　心地活着。

麦　　（非常不高兴的口气）那我们结婚吧。

绢　　什么？

麦　　结婚吧。我拼命工作挣钱，你在家里待
　　　着吧。不用工作，也不用做家务，每天
　　　干喜欢的事就够了。

绢　　这……是求婚吗？

　　　　　　　　　花束みたいな恋をした

麦   ……

绢   你在向我求婚吗?

麦   ……

绢   和我想象的不一样。

麦   （沮丧地低下头）……算了，就当我没
      说。

绢   （摇头）对不起，也是我不好。

      麦摇头。

      绢拿起茶壶，斟茶。

绢   泡得太久了，可能会苦。

      麦接过来，喝下去。

麦   这么苦正好。

      两人都露出浅淡的微笑。

麦   ……最近在看什么剧?《行尸走肉》?

绢　　　已经不怎么看了。最近这个很好看！

　　　　　打开电脑里的《无为大师》。

麦　　　（看了一下，没看懂）哦。

122　七月，活动场所大厅·入口处

　　　　　里面是密室逃脱游戏现场。
　　　　　绢穿着一身随意的衣服，腰带上挂
着胶带，整理着指路用的圆桩。
　　　　　菜那也过来玩，两人交谈着。

菜那　　加持已经找你约会过了吧。

　　　　　对面，加持被几个貌似模特儿的女
孩围着，拍着照片。

绢　　　（苦笑）他身边可不缺漂亮女孩。

123　酒吧内（夜晚）

绢醒来，发现自己躺在沙发上，头枕在手拿酒杯的加持的大腿上。

周围正在举行庆功宴。

绢　　　啊?

加持　　哦，你醒啦?

绢慌忙坐直身体。

绢　　　我怎么……

公司的正式职员塚本（29岁）笑了。

塚本　　刚喝了一杯，你就不行了，缠着社长问"我怎么样嘛，我怎么样嘛"，然后就在社长大腿上睡着了。

绢　　　不会吧……

塚本离开座位。

加持　　　不要紧吧？我们去吃拉面吧。

绢表示同意。

124　行驶的京王线电车内

拥挤的末班电车。绢站在车门口。

加持发来 LINE 短信："明天见。"
绢回复："好的，明天见。"

电车摇晃几下，绢察觉到对面的
麦。

麦也没想到，向绢微笑。

绢下意识地把手机塞进衣兜。对麦
露出微笑，却有些尴尬。

125　十二月，葬礼会场内

　　　　　　正在进行守灵仪式。参加者都穿着
黑色丧服。
　　　　　　其中有祐弥、彩乃和大梦。
　　　　　　绢和麦给逝者上香。
　　　　　　祭坛上挂着海人的遗照。

麦（独白）　海人前辈死了。喝了酒在浴缸里睡着了，
　　　　　　就这么走了。

126　葬礼会场外

　　　　　　仪式结束后，绢、麦、祐弥、彩乃
和大梦走出来。
　　　　　　麦和祐弥安慰着哭泣的大梦。
　　　　　　绢和彩乃在旁默默守护。

麦（独白）　海人每次喝完酒，都会嚷嚷着要大家一

起去看海。

127　名代富士荞麦面店内（夜晚）

绢和麦默默无言，吃着荞麦面。

麦（独白）　守灵结束，我们吃了海人前辈喜欢的红
姜天妇罗荞麦面，然后回家了。

128　多摩川沿岸的公寓·二人的房间

麦坐在沙发上喝着啤酒。

麦（独白）　我想和她聊一整夜海人前辈，可是，她
马上就去睡觉了。

绢说着"我先睡了"，走进卧室。
麦看着她的背影，一脸落寞。

*

麦用 Switch 玩着《塞尔达传说》。

麦（独白）　我一个人玩了游戏。

129　河边

麦一个人坐在河边，孤零零的。

麦（独白）　我出去走了走，稍微哭了一会儿，觉得
困，就回去睡了。

130　多摩川沿岸的公寓·二人的房间（隔日
早晨）

麦准备去上班，穿上西装。绢和他

说话，麦却心不在焉。

麦 (独白)　第二天早晨，她找我说话，但我觉得一切都无所谓了。

绢 (独白)　他的前辈死了。

131　（重复）葬礼会场外的情景

仪式结束后，绢、麦、祐弥、彩乃和大梦走出来。

麦和祐弥安慰着哭泣的大梦。

绢 (独白)　他不是坏人，但稍微喝点儿酒就会跟女孩搭讪。

绢和彩乃互相交换着眼神，心情复杂。

绢 (独白)　有时还家暴恋人。

132　多摩川沿岸的公寓·二人的房间（夜晚）

绢在卧室换睡衣，看着在沙发上喝着啤酒的麦。

绢（独白）　人去世了我当然也难过，却伤心不到他那种程度。

绢注视着麦走出家门。

绢（独白）　我也讨厌这样的自己。

*

早晨，麦准备出门上班。
绢找他说话，麦却心不在焉。

绢（独白）　第二天早晨，我想和他谈一谈，但已经晚了。但好像怎么样，也都无所谓了。

133 歌厅会场内

舞台上 Awesome City Club 正在排练演奏。

绢整理着宣传单。

舞台上，一头蓝发的 PORIN 向绢打着亲昵的手势，绢也回打了一个。

加持走进来。

加持　　早上好。

绢　　早上好。

菜那的声音　虽然我们最后分手了。但在我心里，有过一个和他结婚的未来。

134 小艺廊

菜那整理着海人拍摄的照片。

麦在一旁默默看着。

菜那	我讨厌他的这里那里，可慢慢就习惯了，就连这种讨厌，也会变得麻木。但是，一旦萌生了分手的想法，就有了冲动，只想把疮疤揭掉。
麦	（无言地同感）……
加持的声音	恋爱就像生鲜，赏味期很短的。

135 歌厅会场内

绢和加持坐在观众席上，看着舞台上 Awesome City Club 的乐队排练，说着话。

加持	一旦过了期，双方就会希望踢成平局，一个球你传给我，我再踢回去。到了这种状态，比起一个人的寂寞，两个人时的寂寞才更寂寞。
绢	（无言地同感）……

136　小艺廊

菜那　　我不希望你和小绢分手，但婚姻和年轻

　　　　　时的恋爱是两回事。

麦　　　……

137　歌厅会场内

加持　　和他分手，再找个男朋友不就好了吗?

绢　　　……

138　超市前（夜晚）

　　　　　绢和麦都拎着购物袋，各自走出来，

　　　　出来后才发现对方，惊讶。

绢（独白）　那天晚上，时隔很久，我们做了爱。

139 多摩川沿岸的公寓·二人的房间

床头灯微亮。两人在床上。

几次翻身，睡不着。

麦在被子里伸手寻找绢。

绢感知到了他的手。

绢露出"要做吗"的表情。

麦"可以吗"的表情。

绢　　　嗯。

麦翻身压住绢，吻绢的脖颈。

绢伸手抱住麦。

两人紧紧抱到一起。

*

天空泛白的黎明。

卧室门开了，麦走出来。

绢正在厨房喝水。

绢重新接了一杯水，递给麦。

麦表示谢谢，接过来，喝下去。

传来鸟鸣声。两人回头，看向阳台。

走过去，打开阳台门，走出去。

木地板已经褪色，两人光着脚踩上去，走到阳台栅栏前。

能看到河面。传来水流声。

两人的表情里，有说不出的落寞和虚无。

花束みたいな恋をした

140 字幕

"*2019*"

（手写文字）

141　二月，横滨的结婚会场

一场结婚仪式正在进行。

在神父的引导下，新郎掀起新娘的头纱。

新娘是彩乃，新郎是祐弥。

绢和麦坐在来宾席上。

142　结婚会场前

来宾们排成两列，等待新娘和新郎走出会场。

这边队列中的绢。那边队列中的麦。

麦和大梦。绢和菜那。

麦对大梦说着话。绢对菜那说着话。

麦	我打算和小绢分手。
绢	我打算和小麦分手。
麦	现在我们几乎无话可说。

绢	连架都吵不起来。
麦	就很麻木。
绢	可是不知道怎么分手。
麦	毕竟说一句"我们分手吧"就能痛快分开的，都是交往不到半年的。
绢	我们已经是第五年了。这么久了，就连解除手机合约也不那么……
麦	合约那么长，你不知道哪一页才是解约页。而且对方会求你不要解约。
绢	对方会说不想分手，现在解约会亏钱的。
麦	我想好了，今天就说，结婚仪式结束了就说。
绢	我要和他分手。
麦	我要和她分手。
绢	可是。
麦	可是。
绢	最后一刻了，我还是想……
麦	至少在最后一刻，我想……
绢	笑着。
麦	笑着。

绢	说再见。
麦	说祝你今后幸福。

　　满面笑容的绢、麦。

　　新娘和新郎走出来了，走向来宾之间的通道。

　　和众人一起欢笑着向新娘和新郎撒花的绢、麦。

绢	恭喜你们!
麦	恭喜你们!

143　港未来大道（夜晚）

　　婚礼后的第二摊结束了，绢和麦提着新人回礼走出来。

　　其他人还要举行一个小派对。

　　麦也准备跟着去。发现绢正看向远处。

两人眺望着摩天轮。

麦　　你坐过摩天轮吗？

绢　　啊？你没坐过？

麦　　没。

绢　　我们在一起四年了，关于彼此居然还有
　　　不知道的事情。现在去坐？

麦　　好啊，走啊。

144　摩天轮

绢和麦坐在摩天轮上，俯视着脚下
无边无际的城市夜景。
又看向婚礼后的新人回礼。

绢　　是可以自选的呢，近江牛肉什么的。

麦　　你在说什么？坐摩天轮不是为了看外面
　　　景色的吗？

绢　　你喜欢夜景？

麦	一般般。
绢	我不是那种为夜景感动的人。
麦	你是为木乃伊感动的人。
绢	你不也一样吗，那时你也很开心啊。
麦	呃，那个时候嘛，你懂的……
绢	第一次看，而且是和女孩约会。
麦	其实心里很怵的。
绢	嗯，我看天然气仓剧场版也困死了。
麦	岂止犯困，你根本就睡着了。
绢	嗯，睡着了，睡得很香。

两人都露出了微笑。

145　卡拉 OK 单间内

绢唱着 Friends 的 *Night Town*（《夜镇》）。

唱到男声部分，麦的歌声响起。

互相搂着肩膀唱着歌、笑着的两人。

146 路上

唱了太多，绢和麦精疲力竭地走着。

麦　　回家吧。

绢　　嗯。

走了几步，两人很快停下脚步。

绢　　回去之前……

麦　　嗯，再找个……

绢　　地方……

麦　　好……

两人都知道对方在想什么。

麦　　嗯，那就去那个，那个家庭餐馆吧。

绢　　啊，啊……好啊，嗯，很久没去了。

147　家庭餐馆内

　　　　　男店员为两人领路。

　　　　　二人以前常坐的座位上，现在有两
　　个男客正在吃饭。

店员　　　（指着通道对面的座位）请坐。
麦　　　　谢谢。

　　　　　两人眷恋地看着往昔的座位，坐进
　　店员指定的位置。

　　　　　　　　　　　*

　　　　　绢和麦喝着从饮料台拿来的欧蕾咖
　啡。

　　　　　杯子举到嘴边，视线却合到一起。
　那么，下面该进入正题了。就在这时，
　放在桌上的绢的手机来了 LINE 短信。

　　　　　绢想把手机收起来，稍后再看。

麦　　　　没关系，现在看吧。

　　　　　　麦的手机也响了。
　　　　　　两人的手机持续响着电子音。
　　　　　　两人苦笑着拿起手机确认，发来的
　　　　是刚才婚礼派对上的两人合影。
　　　　　　两人都笑了，看向对方。

麦　　　　你笑得可真开心。
绢　　　　你也一样啊。
麦　　　　因为真的很开心。

　　　　　　两人划着屏幕，看下一张照片。
　　　　　　旁边座位上的客人离开了，座位空
　　　　了。
　　　　　　麦给绢看照片。
　　　　　　正在露天烤肉的绢、麦、海人、菜
　　　　那、祐弥、彩乃和大梦。

绢	这是几年前?
麦	三年前?
绢	已经三年了啊。

绢给麦看照片。

与生日蛋糕合影的绢和麦。

麦	这张也一样。
绢	那时多年轻啊。

绢和麦不停地看着旧照。

绢	好开心呀。
绢	（小声嘟囔）我度过了愉快的几年。

麦仿佛没听清，抬头看绢。

绢看着麦，点点头。

仿佛在说，我们度过了愉快的几年
时光。

绢仿佛知道了最后一刻已经到来，

收起了手机。

　　麦看着绢的神情，踌躇了一下，也收起手机。

麦　　等一下，那么接下来……

绢　　嗯。

麦　　我们谈谈吧……

绢　　谈谈吧。

麦　　其实明天以后再说也……

绢　　就在今天说吧。

麦　　现在？

绢　　现在就好。今天一天都这么开心。

麦　　嗯。

　　　绢点头。

麦　　四年了。愉快的四年。

绢　　是。

　　　麦直视着绢的容颜，慢慢涌上无限

感慨。

麦　　　小绢。

绢　　　嗯。

麦　　　那个，那个，从开始，到今天……

绢　　　嗯。

麦　　　这么多日子，发生了那么多事。

绢　　　嗯。

麦　　　我……在我看来，至今为止……啊，对
　　　了，刚才还有一张照片。

　　　　　麦想再看一次手机。

绢　　　小麦。（制止住他）

麦　　　（停住手）……

绢　　　谢谢你。

麦　　　……

绢　　　我能说的，只有一句谢谢你。我只想记
　　　住开心的事，放进心底珍藏。小麦，你
　　　也……

　　　　　　　　　　　　　花束みたいな恋をした

麦	（一时心乱如麻）……
绢	我们的公寓，嗯，我会先搬走的。我一个人的工资付不了房租。之后你想不想住，都随你。
麦	（点头）……
绢	至于 Baron，我想带走的，但你也会舍不得它，这个我们再商量吧。也许，Baron 也有自己的想法。（说完微笑）
麦	（跟着绢一起微笑起来）……
绢	然后，还有什么来着。家具什么的，还有水电费……嗯。四年了，真的谢谢你……
麦	小绢，我，我不想分手。
绢	……
麦	不分手也可以的，我们结婚吧。
绢	……
麦	我们结婚，把现在的生活继续下去……

绢摇摇头。

麦　　　肯定没事的。

绢　　　（摇摇头）因为今天是开心的一天，所以你才会这么想。马上就会恢复原状的。

麦　　　恢复原状也没关系。

　　　　　绢摇头。

麦　　　世上的夫妇不就是这么回事吗，就算恋爱的感觉消失了……（意识到说错话）

绢　　　……

麦　　　（却接着说下去）很多人依然维持着婚姻，对吧？就算感情已经变化了，却依然假装看不到对方讨厌的地方，依旧维持着婚姻生活。我和小绢也能……

绢　　　你还要降低下限？

麦　　　……

绢　　　不断降低着感情的下限，一起过日子，认为一切就那么回事，你觉得这真的好吗？

麦	好。
绢	真的吗?
麦	如果我的感情冷却了,不正说明我已经做好了准备,能进入一段平稳的婚姻生活了吗?
绢	……(怀疑)
麦	人不可能永远停留在热恋期。永远追求热恋的人是无法幸福的。两个人没完没了地吵架,正是因为恋爱感情从中捣乱啊,是这样吧? 如果我们现在结婚了,我们一定会很和睦的。我们会有孩子,孩子叫我爸爸,叫你妈妈。这些我都能想象出来啊。我们三个人,或者我们四个人手拉着手去多摩川河岸散步吧。推着婴儿车去高岛屋百货买东西吧。买一辆家庭房车,去露营,去迪斯尼乐园,耐心地花很长时间,一起度过漫长的人生吧。希望有人看到这样的我们之后,会感叹说,别看他们之间发生了很多事,现在真是一对和谐的夫妇,像空气那么

自然。我们朝着这个目标走，结婚，幸福地生活吧。

绢　　（身体颤抖着）……

麦　　（等着绢开口）……

绢　　（身体颤抖）……

麦　　（等待）……

绢　　……也许会这样的……

麦　　（点头）嗯。

　　绢的脸浮上淡淡微笑，仿佛已经死心，只不停地点头。

　　麦也点头。

绢　　是啊，如果我们结了婚，变成一家人……（正要接着说下去）

　　店员领位，带来两个客人，男孩是水埜亘（20岁），女孩是羽田凛（20岁）。店员让他们坐进通道对面的位子。

店员	请坐这里。
亘	谢谢。
凛	还要饮料。
亘	自助饮料台,两人份。
店员	饮料台两人份,谢谢!

　　店员离开。

　　绢和麦似乎被败了兴致,无言地喝着欧蕾咖啡。

亘	(示意着座位)羽田,你想坐哪边?
凛	水埜君想坐哪边?
亘	那……羽田你坐这里。
凛	喔,水埜君坐那边。

　　两人交换位置,坐下来。

　　绢和麦,侧耳听着亘和凛的对话……

亘	刚才吓了我一跳。

凛	我也是！没想到水垫君也去了。
亘	羊文学[1]的现场演出，你经常去看吗？
凛	今天是第二次。
亘	哦，平时你还看谁的？
凛	长谷川白纸[2]什么的，最近还听崎山苍志[3]。
亘	哦哦，我在 BAYCAMP[4] 上听了崎山苍志。
凛	哇，你去听了啊！
亘	超级好。
凛	我本来买了票，因为流感……
亘	哦！

麦看着凛和亘的脚，不由得心有所动。

绢察觉到麦的心情变化，也看向脚，不由得心有所动。

---

1 一支日本另类摇滚乐队。
2 1998 年生，2018 年出道的音乐人。
3 2002 年生，2021 年出道的唱作人。
4 2015 年起每年夏季在神奈川县川崎市举行的露天摇滚音乐节。

花束みたいな恋をした

凛和亘都穿着白色的匡威"开口笑"。

绢和麦都说不出话来……

亘	如果你去了，说不定我们会在 BAYCAMP 上相遇。
凛	嗯。不过，今天能遇到你真好。
亘	真的?
凛	上次我忘了问你的 LINE 号了。
亘	上次我也很后悔。
凛	但是上一次不如今天这么开心。
亘	确实有点儿尴尬。
凛	很尴尬。
亘	自那天后，我经常想起你，想着你在做什么。
凛	是吗?（羞涩地微笑，歪歪头）
亘	不是经常，是一直在想。
凛	我也是，经常想，水垫君正在做什么呢。
亘	噢……（羞涩地微笑，歪歪头）

凛   不是经常，是一直在想。

        对面的绢和麦，注视着已经回不去
的往昔。

亘   我们终于见面了。
凛   终于见面了。

        亘不好意思地低下头，随即又抬起
头，看向凛。
        凛不好意思地低下头，随即又抬起
头，看向亘。

麦   （万千心情涌上，说不出话来）……

        麦眼含泪水，紧咬嘴唇。

绢   （看见麦这样，也感慨万千，无从说
起）……

两人看着看着，邻桌上的亘和凛，忽然化成了 21 岁时的麦和绢。

21 岁时的衣服。21 岁时的白色"开口笑"。

21 岁的绢不好意思地低下头，随即抬起头，看向麦。

21 岁的麦不好意思地低下头，随即抬起头，看向绢。

绢与麦看着这样的两人。

绢眼睛里充满泪水，注视着麦。

麦回望。

邻桌的情侣变回了亘和凛。

凛　　（指着亘的背包外袋里插着的书）最近在看什么？

亘　　你呢？

两个人取出背包外袋里的书，互相交换，认真地读起来。

绢再也忍不住了，站起身，走出店外。

麦也站起来。

148　家庭餐馆外

　　麦拿着两人的东西走出来，看见绢的背影。

　　绢的肩膀上下颤抖。

　　麦走过去，从后面抱住绢。

　　绢转过身，两人拥抱在一起。

　　抬起头，凝视对方，再次紧紧相拥。

麦 (独白)　我们就这样分手了。

149　甲州大道

　　一路走回家的绢和麦。

　　手里拿着罐装啤酒，边走，边聊着天。

绢	每到这种时候，我就会想一件事。你知道吗？ 2014 年世界杯，东道主巴西队惨败给德国队，丢了七个球。
麦	知道。
绢	我总是想，我再惨，也惨不过那时的巴西队。
麦	啊……输球之后，巴西队队长儒利奥·塞萨尔接受采访时说了什么，你知道吗？
绢	啊，不知道。
麦	史无前例的惨败之后，塞萨尔接受采访时说："我们至今为止的征途无比美好，只差了最后一步。"

　　两人回味着这句话，重新迈出步伐，脸上露出沉静的笑容。

150　五月，多摩川沿岸的公寓·二人的房间

　　　　　在餐桌前一起吃饭的绢和麦。

麦（独白）　虽然分手了，一时找不到合适的租赁公寓，我们又一起生活了三个月。那段日子里，有时我们一起吃晚饭，还一起去看了电影。

麦　　现在我能说了，其实那之后，我吃了"爽"的汉堡肉。

绢　　我也吃了。

　　　　　　　　　*

　　　　　绢和麦看着电视，喝着珍珠奶茶。

绢（独白）　别看这两个人一起喝着珍珠奶茶，实际上已经分手了。

绢　　你说实话，你至少劈过一次腿吧。

麦　　劈腿？什么，难道你有过？

绢	你没有？
麦	一般不会有吧！
绢	这样啊（似乎有言外之意）……
麦	什么？

＊

绢和麦玩石头剪子布。

绢出拳头，麦出布。

绢	你怎么出布啊！
麦	（微笑着说）因为我是成熟的大人。

麦抱起猫。

麦 (独白)	我赢了猫。

151 六月，多摩川沿岸的公寓外

路上停着搬家公司的卡车。两辆。
工人搬运着沙发。

152 多摩川沿岸的公寓·二人的房间

快要搬空的房间里。
绢和麦合力取下窗帘。
两人各持一端。

绢·麦　　一！二！三！

叠起窗帘。

153　　字幕

"*2020*"

（手写文字）

154   咖啡店内

在收银台前排队的绢和知辉。

麦已经结完账，等着朱音过来。

两人假装互相没看见。

155   咖啡店外

走出店门的绢和知辉。麦和朱音。

分别走向相反的方向。

绢悄悄举起手，背到背后，挥手。

麦悄悄举起手，背到背后，挥手。

两人都没看到对方的动作，就那么

兀自挥着，各自走远。

156   八谷家·绢的房间（夜晚）

绢工作归来。

換上家居服，吃着从楼下厨房拿上
来的饭菜。

绢（独白）　今天偶遇前男友。他那副耳机，可能
就是我送的。我们合用那个耳机听过
SMAP 的《珍重》。如果 SMAP 没有解
散，我们也不会分手吧。我这么胡思乱
想着。

157　早稻田的公寓・麦的房间

麦工作归来。
从厨房拿来吃的喂猫。
和猫一起吃着晚饭。

麦（独白）　今天偶遇前女友。蘑菇帝国宣布无限
期停止团体活动，《美妙夜电波》完结，
今村夏子拿了芥川奖，她对这些事是怎

么想的呢？多摩川泛滥[1]那天，她看到
电视新闻时，心里想了什么呢？

158　八谷家·绢的房间

绢洗完澡，吹着头发。

绢（独白）　第一次去他的公寓，他帮我吹干了头发。
那天下着雨。烤饭团真好吃啊。附近那
家面包房的老夫妇，现在怎么样了？能
自己出门买卫生卷纸吗？

159　早稻田的公寓·麦的房间

麦敲击着电脑键盘。

1　2019年10月，第9号台风登陆日本，导致多摩川洪水泛滥，沿岸多
处公寓遭到水淹。

麦 (独白)　我记得附近有家面包房，我们经常去。因为想吃那儿的炒面面包，我搜索了一下，没想到时隔六年，奇迹再次出现了。

　　麦看着电脑画面，简直不相信自己的眼睛，不由得喊出声。

麦　　啊……（惊异的表情变成了喜悦）

　　电脑画面上，显示着街景视图。

　　多摩川沿岸公寓附近，一条普普通通的住宅街上，一男一女的身影那么清晰，手里拿着花束和卫生卷纸。

　　虽然面容被虚化处理了，但能看出那是绢和麦。

　　两人并肩的身影，渐渐化成了麦的插画。

完

花束みたいな恋をした

后记

　　我在 2015 年初，就有与菅田将晖和有村架纯合作一部电视连续剧的想法，到了 2017 年，在横滨的马车道上，制片人孙家邦先生问我能否写一部中等长度的电影剧本，八十分钟长短，我回答说要请菅田将晖和有村架纯主演。那之后过了一阵子，我和孙先生去赤坂的台湾饭馆见了土井裕泰先生，商量能不能合作一部电影。就这样，主演和导演都有了，2019 年 3 月，我开始构思故事情节。写什么好呢，要不要写几个稍微脱离现实社会的有些好笑的角色？可是类似的电影已有很多，用不着我再添一部吧，我脑子里浮现着这样的念头，在那之后的三四个月里尝试了很多设定，初夏时节终于决定要写一部日记式的电影。一旦定下，写起来就很顺畅，大约一周时间便写好了初稿。

其实，我写工作之外的其他文章总是打不起精神，不过以前写过日记。虽然写几天就厌倦了，过一阵子捡起来，再次厌倦，如此反复，持续最久的也不过几个月而已，难称日记。有时连续多日找不到值得一写的，就渐渐忘了这回事。过了几年再读，又觉得出乎意料地有趣。日记这东西，写的时候不过是记录一些小水洼，日后再读，会发现水洼变成了风景还不错的河流。打扫浴室，当时是觉得自己"打扫了浴室"，还是"把浴室清理得干干净净"，或者"与浴室搏斗了一番"，这其中便不一样。每一日有没有趣味，精神劲儿怎么样，其实也是由这种小事决定的。从车站步行回家虽花不了几分钟，也能从途中发现乐趣，这种生活是存在的，人可以创造出这种情绪。我想写一部这种感觉的电影。

剧本写好后，要经过一年半时间，直到2021年1月29日，电影才能与观众见面。我平时参与电视连续剧的制作，剧本写好后马上开拍，马上播出。适应了这种节奏，就觉得电影等起来不耐烦。电影界人士的日程安排原来是这样的啊，真耐得住性子。不过，也许几年之后回首再看，会觉得这段等待的时间也很有滋味，所以今天在此记下，就当写日记了。多么希望观众们早日看到这部电影，早日与小麦和小绢相会。末了再记一笔，工作间所在的公寓正在施工，震动得很厉害，真担心墙上的干花会掉下来。这就是我的2020 年 11 月 30 日。

坂元裕二

恋爱像一场派对，

不知将在何时散场。

所以热恋中的人们各自带来珍惜之物，

围绕在桌前，倾听，畅谈，

享受欢乐之下的惆怅暗痛。

novel

小 说

花束みたいな
恋をした

花束般的恋爱

坂元裕二 原著·剧本

黑住光 著

蕾克 译

GUANGXI NORMAL UNIVERSITY PRESS
广西师范大学出版社
·桂林·

图书在版编目（CIP）数据

花束般的恋爱：小说 / （日）坂元裕二原作；（日）黑住光著；
蕾克译. -- 桂林：广西师范大学出版社，2022.11（2025.3重印）
ISBN 978-7-5598-5056-0

Ⅰ. ①花… Ⅱ. ①坂… ②黑… ③蕾… Ⅲ. ①中篇小说 –
日本 – 现代 Ⅳ. ①I313.45

中国版本图书馆CIP数据核字（2022）第090162号

NOVELIZE HANATABA MITAINA KOI WO SHITA based on an
original story and screenplay by Yuji Sakamoto, written by Hikaru
Kurozumi
Copyright © Yuji Sakamoto and Hikaru Kurozumi 2021
All rights reserved.
Original Japanese edition published by Little More Co., Ltd.

Simplified Chinese edition copyright © 2022 by Folio (Beijing) Culture
& Media Co., Ltd.
This Simplified Chinese language edition is published by arrangement
with
Little More Co., Ltd. Tokyo in care of Tuttle-Mori Agency, Inc., Tokyo
through Pace Agency Ltd., Jiangsu Province.

著作权合同登记号桂图登字：20-2022-073号

HUASHU BAN DE LIANAI
花束般的恋爱：小说

作　　者：（日）坂元裕二、黑住光
插　　画：Peko Asano
译　　者：蕾　克
责任编辑：黄安然
特约编辑：徐　露
装帧设计：汐　和　at compus studio
内文制作：陆　靓

广西师范大学出版社出版发行
　广西桂林市五里店路9号　邮政编码：541004
　网址：www.bbtpress.com
出版人：黄轩庄
全国新华书店经销
发行热线：010-64284815
河北鑫玉鸿程印刷有限公司印刷
开本：787mm×1092mm　1/32
印张：6.25　字数：80千字
2022年11月第1版　2025年3月第4次印刷
ISBN 978-7-5598-5056-0
定价：44.00元

如发现印装质量问题，影响阅读，请与出版社发行部门联系调换。

中文版序言

　　随着年轻人岁数渐长，文化也从他们的生活中渐渐流失而去，这是我在 2019 年写这个故事时的一个主题。

　　现在三年时间过去，在我的感觉中，现在世界上的无数人都面临着同样的问题。人们相聚得越来越少，不再像从前那样唱歌跳舞。谁与谁在街头相遇，互相交流喜欢的事、交换心爱的东西，这些原本平常而简单的事变得越来越不容易发生。如果再这样下去，今后人与人之间的孤立隔阂也许会变得理所当然，文化会渐渐远去，不再能轻易触及。抑或，文化会变化出前所未见的新形态，催生出新事物。

　　无论未来将奔赴哪个方向，《花束般的恋爱》里描绘的世界都将变成令人感怀留恋的旧日景象吧。我自己已经接受了这种趋势，今后想静观、守护人与文化的演变。人在这个星球上已经生活了几万年，人们围着篝火唱歌，在壁面上描绘图案，文化与睡眠和食物同等重要，在生活中不可或缺。文化是纽带，联系牵绊起了我们。我们活在这个世界上，总会被什么触及内心，想把什么深留进记忆里，和谁一同分享回味。我们读书后会感喟，看过电影激动得心怦怦跳动，我们唱着歌跳着舞成长，我们都是在八十多年的时间里发现余暇、享受余暇的奇妙生物。

祝愿我们每一日都能邂逅令自己心潮翻涌的文化，比如，就在今天。

坂元裕二

2020

麦焦躁地放下咖啡杯。

"那两个人根本不喜欢音乐。"

他身旁的恋人听到这句唐突的话，不禁问他：
"你说什么？"

他们对面，坐着一对大学生模样的情侣，桌上
的手机连着一副耳机，两人各自拿起一端，塞进自
己的耳朵里，很默契地听着什么。一看便知是刚开
始热恋的情侣，甜得令旁人也不禁微笑，麦却很生
气。

麦拿起自己耳机的左右两端，为女朋友解释起
来。

"音乐这东西不是单声道，是立体声。如果你
用耳机听，L 端和 R 端听到的声音并不一样。L 听
到吉他，R 也许只有架子鼓声。如果一人听一侧，
那听到的完全就是不同的曲子。"

这时，在另一张餐桌上，绢两手拿着耳机的 L 和 R，问身边的男朋友：

"假设你吃培根生菜三明治，把培根和生菜分开单吃了，那还叫培根生菜三明治吗？"

男朋友听到绢奇怪的提问，有些手足无措，只好说："不叫。"

"一碗猪排玉子丼，如果一个人把炸猪排全吃完了，那另一个人吃的是？"

"……玉子丼？"

"对吧？所以，他们以为自己听的是同一首歌。错！他和她，听到的是不同的曲子。"

绢也在说那对合用一副耳机听歌的情侣。

另一边的麦，向女朋友极力主张："你见过录音棚里的操作台吧？"他伸开双臂比画。

"上面有无数开关，就是为了把 L 和 R 听到的不同声音混合成立体声……"

这一边的绢，对男朋友热情演说："无论是音乐人，还是录音师，他们吃着晚餐便当，几十遍、几百遍地比较混音效果，他们辛苦工作的成果现在却被左右耳分开听了！"

麦很气愤："要是被录音师知道了，会气得把便当砸到混音台上。"

绢很气愤："嘴里肯定还嘟囔着，'气死了'！"

咖啡馆里坐着三组情侣。山音麦和女朋友。八谷绢和男朋友。另外一对年轻的大学生情侣。

麦和绢，各自坐在自己的餐桌旁，对着自己的恋人，说着完全一样的话，仿佛一个是左声道，一个是右声道，合奏成了同一首歌。

"这些我懂，可是他们两人想一起听呀。"女朋友仿佛在替大学生情侣辩解。麦立刻表示不赞同。

"他们明明一人有一台手机。"

他指着餐桌上自己和女友的两台手机，不依不饶。

绢把自己和男友的手机摆到桌上，双手按下播放键："各插一副耳机，同时播放不就好了吗？"

男友发表合乎道理的议论："同一个东西，两人分享，这很好啊。"但是……

麦说："恋爱不能一人一半。"

绢说："恋爱是一人一个。"

麦站起来："一人一个。他有他的，她有她的。他们还不懂。"

绢站起来："真想教教他们。"

合用一副耳机是对音乐的冒渎，那对大学生情侣居然不懂。不能忍，必须让他们知道音乐的真谛。绢和麦同时站起身，势要打破周末咖啡馆里的安稳氛围。

两人站起身来，这才互相看到。麦看见了绢，绢看见了麦。

他们原本朝着大学生情侣走去，现在同时停住脚步，注视对方。

宽敞的咖啡馆里，当场石化的绢和麦无言地互相凝视，经历了漫长的一瞬。之后两人各自右拐，回到恋人身旁。

麦紧紧抓住咖啡杯，大口灌下。一旁的女友毫无察觉地问他："别管人家了，我昨晚是不是把耳环忘在你那儿了？不在床上？"

麦有些走神，回答说："没看见。"

绢回到自己的座位上，心不在焉地听着男友说："我父母一直嚷嚷着想见小绢一面，怎么办？你想来户塚吗？"

"嗯，行，让我想想……"

绢眼神涣散，盯着空气。

此刻，麦和绢的脑中，大学生情侣消失了，眼前的恋人也消失了。

麦的心，早已不在这里。

绢的心，也回到了过去。

2015

1

那是 2015 年的冬天。

八谷绢，21 岁，一个普普通通的大学生，早晨边哼着电视上流行的搞笑组合水熊虫的《因为特别暖和啊～》，边烤着吐司。往烤好的吐司上涂黄油时，没拿稳，吐司掉到地板上。她默想：

"世上只有一件事是无可辩驳的真理。那就是，吐司掉到地上时，必定是涂了黄油的一面先着地。"

根据墨菲定律，吐司掉落时，黄油面的着地率和地毯价格成正比。而八谷绢的黄油吐司，掉落在未铺地毯的餐厅地板上，看来八谷绢法则的倒霉概率，要比墨菲定律高多了。

绢暗自认命了似的："所以我一直活得静悄悄

的，基本上不怎么兴奋。"

依据"落地五秒内捡起就不算脏"的说法，绢快速捡起吐司送到嘴里，同时看着手机，一下子兴奋了起来。

"国立科学博物馆的木乃伊展即将开幕！"

绢读着手机信息，一边的嘴角微微上扬。用她的话说，即"别看这种表情微不可见，其实我心里正沸腾着欢喜，已经哽咽落泪了"。一个正上大学的女孩为木乃伊展哽咽落泪，说明她喜欢的东西和"女子力"[1]相距万里。

绢从两年前开始连载一个名为"女大学生和面"的美食博客，博客上周的日浏览量超过1500次，用绢的话说，即上周一直处在"罕见的兴奋状态"。

昨天，为了提高博客的日流量，绢去了从未踏足过的原宿，开拓新的拉面馆。她独自默默吃着拉面，用手机记录着日期、店名，给面条、汤和配菜打分。这种不起眼的"宅兴趣"，已经持续两年了。

1　所谓的淑女情调，即温柔美丽、心灵手巧、举止优雅，等等。

吃完面后，她打算晚上去看搞笑艺人组合天竺鼠[1]的现场演出。现在离开演还有点时间，绢走出拉面店，想在表参道[2]随便走走，打发时间。忽然，她莫名感受到了来自路上行人的视线，不经意在一家首饰店的玻璃橱窗上看到自己的身影后，才察觉出原因。

外面那件是她常穿的砖红色牛角扣大衣，里面的花色毛衣，却是今天第一次上身。毛衣上罩着一件白东西。啊，拉面店的纸围裙忘记摘掉了。八谷绢法则第二条：越是走在时尚街区，越会出糗。

绢在橱窗前刚摘下纸围裙，团成一团儿塞进衣兜，就听到有人打招呼："啊，好久不见。"

一个男生打量着绢。绢也觉得他眼熟，随即想起来，是以前约会过一次的富小路君。

"……好久不见。"

富小路一时没想好该说什么，只伸过手来。绢假笑着和他握手，心中暗想："看来这家伙，根本

1　天竺鼠是日本的一个喜剧二人组，由川原克己和濑下丰于 2004 年 4 月组成。

2　1919 年所建，初为明治神宫的参道，后代指表参道、原宿、青山一带，是繁华购物街，集中了许多名牌旗舰店。

不记得我叫什么……"

算了，正好时间充裕。绢和富小路一起在表参道上散起步来，百无聊赖地瞟着沿路的橱窗。天色渐渐暗下来，不知不觉间，两人的话题落到了"一起吃晚饭"上。

富小路带路，两人去了烤肉店。绢还是得把纸围裙系在毛衣上。富小路不停地烤肉，放到绢的盘子里。绢吃了拉面，还不饿，但和他也聊不到一起，所以只好默默地吃着肉。

"好吃吗？"

"嗯。"绢微笑着回答。同时想起，"上次新毛衣第一次上身，也是被他拉着去了烤肉店。"第一次约会，却拉着女孩去吃烤肉，不知是富小路粗心不懂，还是压根儿没把绢当女生看。

"每次那些让我觉得放松随意、性格还不错的男生，大多都没把我当回事儿。随他去，反正我也不期待和他有进展。"绢这么想着，大口吃着牛肋条肉。

"一个连我名字都不记得的男生，指望他什么呢。"夹起横膈膜肉。

"我没告诉他要去看演出，只是没找到合适机会罢了。"咬着毛肚。

绢把富小路抛在一边，专心致志地吃肉。噢，肉可真香啊。

吃到差不多的时候，"哗啦"一声，店门被拉开，进来一个漂亮女孩。身穿焦糖色大衣，头戴贝雷帽，身材远比绢高挑匀称，简直媲美时装模特，典型的"闪亮女孩"。

"翔真！""贝雷帽"呼唤。

"丽莎！"富小路回答。

富小路喜出望外地站起身，迎向丽莎。

看着店门前亲热谈笑的两人，绢暗自点头。唔，原来如此。虽然不知道两人关系有多深，至少是互相直呼其名的关系，富小路君和这种闪亮女孩站在一起，看上去很搭调。

反正是他请客，很美味，多谢款待啦！绢在店门前笑容满面地与富小路挥手告别，目送富小路和丽莎挽着胳膊渐渐走远。

绢抬起手腕看表，惊叫出声，不知不觉间，已经到了末班电车的时间。

　　绢一路跑去车站，还是误了末班电车，只好找一家网咖过夜，等待清晨的头班车。绢蜷曲着身体躺在逼仄的单间里，在电脑屏幕的微光下，从钱包里拿出天竺鼠的演出票默默地看着。"去看天竺鼠就好了。"绢后悔地想着，把毛毯盖到身上。新上身的毛衣沾满了烤肉味，毛毯泛着霉气。

　　她坐着清晨的头班车，在天尚未透亮时回到了家附近的飞田给车站。与通勤路上匆忙的公司职员们逆行擦肩而过，走上回家路。

　　糟透了的夜晚终于结束，迎来了心情灰暗的清晨归家。

　　每到这种"糟透了"的时刻，绢脑子里都会盘旋着一件事：

　　"2014年世界杯半决赛，东道主巴西队被德国队灌进七个球，惨败。那时，全巴西国民都发出了身陷地狱般的悲惨呻吟。我再惨，也比当时的巴西队幸福，嗯，幸福多了！"

　　绢暗自念着加油咒语。是的，没什么可悲观的，面包涂了黄油的那面偶尔也有不先着地的时候。

"现在专心致志去想木乃伊展就足够了。不再期待别的什么了。"

绢用电脑打开国立科学博物馆的网页，刚刚点击了木乃伊展门票购买键，手机传来"叮咚"一声，是 LINE 短信……

2

那是 2015 年的冬天。

电车铁轨上方的过街天桥上，寒风劲吹，人行道边放着一张折叠凳。山音麦，21 岁，平凡而贫穷的大学生，正坐在凳子上，做着调查人流量的小时工。

每有一个行人走过，麦就按一下膝头的计数器。几种计数器分别统计着行人的步行方向、年龄和性别，反反复复，单调至极。按着按着，麦漫无边际地想起了其他事：

"我不理解石头剪子布的规则。石头赢剪子，剪子赢布。这两步我懂。布赢石头？为什么！石头明摆着会撑破布的。这么荒唐的规则，人类为什么会毫不怀疑地接受？人生真荒诞。"

麦漫想着，盯着眼前的情侣酒店门口。一个二十岁出头的女孩，挽着五十出头、公司职员模样的大叔的胳膊，将他生拉硬拽进了情侣酒店。他们是什么关系？麦漠然想着，人生真的荒诞。

打工结束，麦冻得哆哆嗦嗦，拎着从便利店买来的晚饭便当，回到公寓。那里也有荒诞在等待他——信箱里塞着无数推销宣传单。

"往月租五万八千日元[1]的公寓信箱里，塞三亿两千万公寓的宣传单。这是今年最好笑的笑话。"

月租五万八千日元、房龄超过四十年的木结构公寓里，麦钻在暖桌里，用塑料勺子搅拌着从便利店买来的盐味葱花牛五花肉饭。

暖桌上摊开了一本速写簿。麦每天都会一边吃晚饭，一边画画。用笔画下每天发生的事情，厚厚一摞画是他的绘画日记。今天画了在信箱前看着三亿公寓宣传单的自己。画好后看了看，不太满意。

"最近状态一直不好。不知道为什么。也许是

---

1 约为三千人民币。

燃尽症候群 [1] 吧。"

麦回想起了之前燃得正旺的自己。"三个月前，我用街景视图搜索公寓附近，看到一个奇迹。"

那是暖桌还没派上用场的季节。榻榻米上一铺到底、从不叠起的被褥上，麦百无聊赖地用笔记本电脑看着附近的街景视图，做着假想散步，忽然有了意想不到的发现，不禁惊喜得叫出声来。

屏幕上显示着公寓附近便利店前的街景，能看到一个手提购物袋的青年，身穿眼熟的格子棉布衬衫。"不会吧！"麦想。毫无疑问这就是自己！他环视着空无他人的公寓，仿佛想和谁分享此刻的喜悦。

麦马上去了大学，告诉了冲田。不用说，他穿上了和视图中同样的格子棉布衬衫。

"太厉害了！太神奇了！没想到朋友会上街景视图！"

冲田看到后这么说道。他还和麦击了掌，表示

1　指来自人际关系、工作等方面的慢性压力堆积所致的疲惫和情绪上的消耗感。

2015.1.14
MUGI

花束みたいな恋をした

祝贺。麦美滋滋地请冲田吃了大学食堂。

岸川同学也表示了惊讶，熊田同学则说："人生亮点！"于是，麦也请了他们。

那之后，麦给其他朋友和不太熟的同学都看了街景画面。如果对方表示惊讶和羡慕，麦都会请客。麦在学校里从来不是一个引人注目的人，这次却犹若明星般被众人围绕。

"梦一般的日子啊。"

麦回想着燃得正旺的自己。那时他在兴奋之中，向一直憧憬的卯内同学打了招呼。

"卯内同学！卯内同学！"

班花卯内日菜子听到麦的大声呼唤后，也向他走过去。

"你快看！这是我！"

麦自豪地把电脑屏幕杵到卯内面前。

现在回想起来，真是丢人。不过，也只有在那种大傻瓜似的兴奋状态下，麦才能那么随意地和卯内说上话。

"今后还有可能发生比那更令人兴奋的事吗？"

麦叹了一口气，钻进暖桌里，向后躺倒在被褥上。仰面看到头顶上挂着的外套时，忽然想起什么，一下子爬起来，从外套口袋里拿出钱包，取出一张演出票，确认日期。

"糟了，忘了……"

那是搞笑组合天竺鼠的现场演出票。日期是今天。麦把票扔远，沮丧地倒在被褥上。

"有人曾说，如果放弃了地上的一切，人会飞上天空。我现在快要飞走了吧。"

真实的绝望和诗意的希望左右夹击，就在这时，手机传来"叮咚"一声，是 LINE 短信……

3

西麻布[1]。

"他们叫我来，纯粹是为了凑人数。"绢在心中自言自语。早晨她接到 LINE 短信后，晚上来了西麻布。那是一家装修得很豪奢的卡拉 OK 店，在前面领位的店员穿着一身黑衣。说是单间，却远比普通单间宽敞。

绢从耳边拿下耳机，整理着缠到一起的耳机线。单间房门一打开，立刻传来音乐轰鸣，有人在不着调地唱着牙医团[2]的《奇迹》。

为数几十人的派对。某男手拿麦克风看着巨大

1　东京地名。

2　即 GReeeeN，日本 J-Pop 人声组合。因成员四人都是牙科医师，被粉丝称为"牙医团"。

的投屏，自我陶醉地唱着歌，没人在听。

"在故意装修得看不出是卡拉OK店的卡拉OK店里唱歌的IT业界人士，和故意打扮得不像街痞的街痞差不多。"绢在心中自言自语。

桌旁坐着一群穿西装却未打领带的年龄不详男，让一群女孩围在他们身边，意气风发地向女孩们吹嘘着什么。绢听到一个在说："说到底，就是干还是不干的问题。"

"他们最喜欢说这句。"绢暗想。

另一张桌子旁，女孩们聚在一起摆着姿势，让某大叔为她们拍照。

"她们要上传到Instagram的照片，只要女生，不拍男的。"绢心语。

绢哪张桌子都不想去，她没解下围巾，依然穿着大衣，在单间里游荡。不知不觉间被派对中最年长的大叔缠住了，被迫脸对脸地听了大叔去年切除了半个胃的事。

"我为什么要来这里啊？终究每次来后，都会这么想。"绢心语。

尽管知道是不适合自己的场合，但接到邀请后还是来了。说好听点，可能这就叫年轻。吐司如果不掉落，就不知道是哪一面着地。

绢频频点头，却把大叔的话当耳旁风，在桌下用手机搜索最新的拉面排行榜，考虑着去哪里吃碗拉面再回家好。

既没有美妙的邂逅，也没有愉快的交集，只虚度了时间，绢从不像卡拉OK店的卡拉OK店里撤退出来。自诩走在时尚前沿的人，最喜欢这种交通不便的街道，从这里去电车站别提多麻烦了。绢愤愤地从西麻布坐巴士到涩谷，乘上井之头线电车。在明大前站下车，本该从这里换乘京王线，绢却直接走出了明大前车站。距离末班车还有一点时间，博客也该更新了，她想顺便找一家拉面店。

离车站不远处，便有一家免费加面的连锁博多拉面馆。绢坐在柜台前，用手机拍下拉面照片，说一句"我开动了"，正准备吃时，LINE短信音响起。母亲发来短信："回来别忘了买卫生卷纸。"

从拉面店里出来，绢去药店买了卷纸，八卷

一包，一手拎一包，往车站走。听到后面小跑过来的公司职员模样的人在说："糟了，末班车了，末班!"绢也看了下手表，离末班车只有几分钟了。"就不该买什么卷纸。"绢这么想着，也跑了起来。

昨晚麦收到 LINE 短信后，今夜在明大前站下了车，整理着缠成一团的耳机线走出车站。

　　这是一家随处可见的普通卡拉 OK 店。麦从前台问到单间号码，一路寻过去，推开房间门。

　　大约十人的喝酒聚会。一个麦不认识的人正在唱世界的终结乐队的《RPG》。

　　"啊，卯内叫你来的吧？"门口附近的男生看到麦。

　　"对，卯内呢？"麦环视室内，没看到卯内。

　　"给他让个座，让个座。"众人坐得更挤了，给麦匀出一个空隙，让麦坐下来。

　　"卯内呢？"麦又问了一遍。

　　"她说今晚的月亮形状不吉利，所以不来了。"

两旁的男生笑着回答，"她是不是有点儿迷信？"

麦接到卯内的邀请，一心以为令人兴奋的新生活即将开始，然而卯内没来，他也没必要留在这里。

麦刚想起身离开，又有三个人喊着"我们来了"蜂拥而入，所有人挤坐到一起，麦被埋进人堆里动弹不得。

接下来的几个小时里，由卯内召集但卯内本人不在的痛饮会一直在持续。麦性格随和，即使是不那么熟的人在热唱，麦也会打打拍子，但心中一直有淡淡期待，说不定卯内晚些时候会来。一直等到快赶不上末班车了，才死了心，独自离开卡拉 OK店。

深夜的商店街上，只有拉面店灯火通明。麦看看表，糟了，马上就末班车了。他开始狂奔。

他跑到车站时，前面一个穿着砖红色牛角扣大衣、背着白色双肩包的女孩也在跑。两人在赶同一趟末班电车。

麦在检票机前超过女孩，两人身体轻轻碰撞在一起，女孩手里的卫生卷纸滚落在地上。

　　　　　　　　　　　　　花束みたいな恋をした

"啊，实在对不起！"

麦慌忙拾起卷纸递给女孩，示意女孩先过检票机。麦紧随其后，机器却发出警示音，他被拦在外面了。

"欸？"

PASMO卡[1]在关键时刻余额不足。麦踌躇片刻，抱着卷纸的女孩也停下脚步，愧疚地看着他，仿佛在说"是不是我挡了你"。

余额不足和女孩毫无关系，如果再磨蹭，就要连累女孩也赶不上末班电车了。麦挥挥手，用"别管我赶紧走吧"的表情催促女孩，自己也跑向售票机。

"糟糕透顶……"

麦匆忙往PASMO卡里充了一千日元，再次跑向检票口。末班车发车的提示音已经播完了。

"见鬼……"

一个公司职员模样的青年比麦早了一步，看着提示已发车的电子告示牌嘟囔了一声。末班车的提

---

1 日本的一种铁路、公共汽车通用的非接触型IC卡。

示信息也消失了。

"啊……"

麦也在一旁发出绝望的叹息。

一个身穿仿皮草大衣、打扮得很华丽的女子也跑过来，问公司职员男："末班车已经走了？"职员男回答："应该是走了。"女子听罢气馁地说："只能等早班车了……"

萍水相逢的三人呆立在检票口前。片刻后，职员男向麦搭话："请问……你知道有哪家店彻夜营业吗？"

麦虽然知道几家卡拉OK店和居酒屋可以去，一时却也拿不定主意。

他思索着该去哪儿，无意中看向车站里，不禁吃了一惊。刚才抱着卷纸的女孩垂头丧气地向这边走了过来。看来她最终还是没赶上末班车。

5

几分钟前，绢双手拎着卫生卷纸，拼命跑向车站时，听到身后传来一阵脚步声，看来也是一个追赶末班电车的人。

绢一边跑，一边把右手拎的卷纸夹到左腋下，腾出一只手从兜里摸 PASMO 卡。卷纸不小心从胳膊间滑落，掉到检票机前，同时，她也撞上了身后的人。

"啊，实在对不起！"

大学生模样的男生说着，帮她捡起卷纸。绢知道是自己不小心弄掉了卷纸才撞上他，而对方好像误解是他撞掉了卷纸。

"是我不好。"

绢道着歉，检票进了车站。随即听见"嗡"的一声电子音响起，接着听到男生的哀鸣。绢回头一看，男生被检票机拦住了。

如果他因为帮忙捡了卷纸而没赶上末班电车，那就太对不起他了。绢停下脚步看他，对方挥手示意她赶快走。

最后一班电车已经开进月台，车门即将关闭的广播响起，真的要来不及了，绢虽然愧疚，依旧向月台跑去。等她终于跑上通向月台的台阶时，车门在她面前无情地关闭，电车慢慢向前开动了。

连续两天没赶上末班车！难道又要去网咖过夜？网咖倒在其次，连着两天彻夜不归，肯定要挨母亲骂的。想到这里，绢心里烦得要命。昨天已经经历了最糟糕的夜晚和最灰暗的晨归，现在最糟糕和最灰暗的记录又要被刷新了。

绢步履沉重，走下台阶，垂头丧气地走向检票口，只能麻烦工作人员消除进站的电子记录了。

她无意中抬起低垂的视线，没想到刚才的男生也站在检票口外。他也看到了绢，两人都觉出尴尬，没有再打招呼。

6

咖啡馆里，今夜错过了末班电车、在检票口前萍水相逢的四人围坐在一起。八谷绢、山音麦、恩田友行、原田奏子。是友行刚才建议一起找个地方打发时间，等待清晨的始发车。绢和麦要了咖啡，友行和奏子喝着啤酒。

"明天您休息吗？"

奏子往手上抹着护手霜，问友行。

麦看着她，心里却在想："这人一坐下来先抹护手霜。"

"下午再去上班也行。"友行撕破店员送过来的无纺布湿巾包装袋，用湿巾擦了手。奏子也擦了。

麦喝着咖啡，心里却在想："这人刚抹完护手霜，就用湿巾擦了手。"

"您做什么工作？"

"做出版的。"

友行和奏子平和地交谈着，果然都是工作了的人，态度淡然沉稳。绢根本不想插话，只放松地靠在沙发背上。

麦暗自想着："护手霜……湿巾……怎么就没人吐槽呢？"他无意中看到奏子斜后方坐着两个客人。其中一个大叔头戴毛线帽，深深遮住了脸。麦瞥见那人的面孔，不由得惊呼出声。没想到会在这里偶遇名人。

友行和奏子察觉到麦的神情，也顺着他的视线回头看。

麦小声制止："别看！坐在那儿的是神！"

他努力不去看那边的两人，只用双手捂着脸。

友行和奏子小心翼翼地往后偷瞟了几眼，却没能理解麦在说什么。

"神？"

奏子发出高呼，麦连忙竖起食指示意：

"就是那个特别喜欢狗的人。哦，他还喜欢吃立食荞麦[1]。"

麦不想直接说出名字，只给出两条暗示。友行和奏子却根本听不懂。

绢听到三人的对话后，也看了一眼毛线帽大叔，不禁吸了一口气。麦只顾着对友行解释了，根本没察觉绢的兴奋。

"名人吗？"

"啊？你们不看电影吗？"

影迷绝对知道的巨匠就坐在那里。

"看啊。有人说我的电影趣味相当冷门。"友行得意扬扬。麦没兴趣问，奏子却很好奇："比如说？"

"《肖申克的救赎》什么的。"

"啊，我也听说过欸！"

"那片超级催泪！"

"超级催泪吗？……我去年看过的电影里，最好哭的是《魔女宅急便》。"

友行和奏子越说越投机。

---

1 店内不设座椅、顾客立食的荞麦面店，上菜迅速，价格便宜。

麦心想："《魔女宅急便》确实是杰作，不过，你直到去年才看吗？"他刚要插嘴问，友行奏子二人组的对话却转向了意外的方向。

"噢！就是那个 NHK 晨间剧小女星演的那部吧？"[1]

"对！"

"我也看了！"

两人发出兴高采烈的高声。麦用低不可闻的小声嘟囔了一句："呃，真人版啊。"

麦心想："神就在眼前，你们却在说什么真人版《魔女宅急便》！就是因为你们这种人在，才冒出来那么多动画真人版吧！"

麦越想越生气，又不得不忍着。绢在一旁认真地盯着他的侧脸，麦却没有察觉。

原本四人说好要一起等清晨的头班电车，友行和奏子格外投缘，决定坐出租车先离开。麦和绢表示没关系，因为原本也无心和他们待一整夜，对于

---

1 麦以为奏子说的是 1989 年上映的宫崎骏动画《魔女宅急便》，实际上奏子说的是 2014 年真人版《魔女宅急便》。主演小芝风花，在 2015 年底的 NHK 电视台晨间剧《阿浅来了》里有出演。

　　　　花束みたいな恋をした

他们接下来要去哪里、要干什么也不感兴趣。

目送已经工作的二人组乘上出租车,麦和绢两个穷大学生决定走路回家。

他们追的是同一辆末班车,回家方向也一致,两人心里虽然明白,但素昧平生,结伴长途徒步实在很尴尬。绢撒了个谎,说要去朋友家过夜,在车站前与麦告别。

两人走上相反方向后,绢想起什么,回头看了麦一眼。只见麦边走边解着缠成一团的耳机线,格子大衣,双肩背包,意兴阑珊的背影。绢忽然想:

"出于礼貌,也不该就这么一句话不说地分开呀。"

绢小跑着追上麦。双手拎的卫生卷纸晃来晃去。"我刚才也相当兴奋"。她暗想着。

终于追上了,绢跑到麦跟前说:

"那是押井守吧!"

头戴毛线帽的大叔是动画界的巨匠——押井守。创造过《攻壳机动队》《机动警察》《福星小子》和《空中杀手》等作品的押井守,喜欢狗,还是立食荞麦达人。

麦吃了一惊。

"什么？"

"刚才那是押井守，对吧？"

"你也，知道？"

"先不说喜不喜欢，押井守是谁，长什么模样，这不是常识吗？"

绢口气坚决。麦点点头，绽开笑脸："世界水准的。"

"确实。"绢也笑了。

两人再次走上同一个方向。

"对了，还有那个……"

"嗯，护手霜！"没等麦说出口，绢先接上了。

"对，她刚抹完就……"

"用湿巾擦掉了！"

看来绢也看见了。

"对不对！"

麦发出喜悦又兴奋的声音，光顾着说话，不小心撞倒了路边的自行车。

两人不禁一起笑出声。

就这样，他们相遇了。因为押井守。

7

距离清晨的头班电车发车还有时间，两人决定去喝点什么，进了车站前彻夜营业的连锁居酒屋。

这是一家需要在店门前脱鞋的店。

"你住在飞田给啊。"

"对，经常在调布站换车。"

"那我们说不定擦过肩。"

两人说着话，进店后脱了鞋。麦帮绢把鞋放到鞋架上时，忽然心有所动，他看看绢的鞋，再看看自己的，两双都是白色的匡威"开口笑"。绢也发现了，两人对视，不好意思地笑了。

店里客人不多，两人在矮桌前面对面坐下，要了两杯嗨棒。

"我叫八谷绢。"

绢双手捧着酒杯，正式向麦致意。麦放下酒杯还礼。从正面看，绢眼眸闪亮，几乎炫目，麦想也不想就低下了头。

"喜欢的话是'加面免费'。"

绢继续说。麦想笑，又担心不合适，一时有些局促。

"我叫山音麦。"

怎么办？说点什么才帅气又搞笑？麦使劲想着。

"喜欢的话，是'撬棍似的东西[1]'……"

不太好，有点傻气吧？麦拿起酒杯。绢也举杯轻轻碰了过去。

"啊……"

大口嗨棒喝下去，滋味太棒了，今天的最佳瞬间，麦不由得身体后仰，手撑到地板上。绢双肘撑在桌上，向前探出半个身子，笑靥如花，也如释重负地感叹："好喝……"

---

1 日本媒体在报道盗窃事件时，当无法确认作案工具时，经常使用"撬棍似的东西"来指代破门工具，暗示有可能是，也有可能不是。这句话由此转化，指代一种暧昧的态度。

花束みたいな恋をした

麦拿起桌上自己缠成一团的耳机。

"总是这样。"

"真的。"

绢拿出自己缠成一团的耳机和手机，给麦看。由此两人说起了喜欢的音乐。

"Cero[1] 的高城在阿佐谷开的那个店……"

"哦，Roji，我去过。但就算去了，也未必能和高城搭上话。"

"我认识的一个人，因为和高城聊了天，才变成了他的粉丝，第二天就把柚子[2]的Quo卡[3]都出给了大黑屋[4]。"

"哇……"

说话间，酒杯空了。麦招呼来店员，又要了两杯嗨棒。

---

1 2004 年成立的日本乐团，主唱高城晶平在东京都杉并区阿佐谷开有一所名为 "Roji" 的咖啡馆。

2 1998 年出道的在日本家喻户晓的双人乐队。

3 一种全日本通用的储值预付卡。柚子乐队曾与其他公司合作，推出过 Quo 卡。

4 连锁二手商店，兼营小额外汇买卖、储值卡兑换现金、票证转让等。

喝着第二杯，话题从音乐转到书上。他们从双肩背包里取出随身带着读的文库本，像互授奖状一样，交到对方手上。

麦的书上包着书店书衣，绢翻开扉页。

"啊，是穗村弘[1]，他的书我基本都看过！"

麦也打开绢的书，惊喜地大叫出声：

"我也是！长岛有[2]的书基本上都看过！因为没钱，都等出了文库才看的。"

"我也是，要么就从图书馆借。"

"作家里你还喜欢谁？"

"我看的都很普通哦。石井慎二、堀江敏幸、柴崎友香、小山田浩子、今村夏子、圆城塔。当然还有小川洋子、多和田叶子、舞城王太郎、佐藤亚纪。[3]"

听着绢报菜名，麦也用"完全同意"的表情深深点头赞同。

麦发现绢的书里夹着一张电影票根，便拿到手

1　穗村弘（1962— ），日本歌人、翻译家。
2　长岛有（1972— ），日本作家、漫画家、俳人。
3　这里提到的作者基本都是得过芥川奖的纯文学作家。

里。

"八谷，你也是电影票书签党？"

"山音，你也是吗？"

"嗯，我是电影票书签党。"

话题于是转到电影、话剧和喜剧现场表演上，两人喝下更多嗨棒，带着醉意倚在墙上继续聊着。

"天竺鼠在 Lumine[1] 开专场了呢。"

"哦哦哦哦。"

"我票都买好了，却没去成。"

"我也是。"

两人几乎不敢相信，从钱包里拿出天竺鼠的演出票，互相交换着看了。

"哇！真的啊……如果去了，说不定我们在剧场里就见过面了。"

"真的！对噢！不过，如果去了，可能今天就不会相遇了。"

"有可能。这么说，这是让我们今天在这儿相遇的门票！"

1　东京新宿的 Lumine 购物中心，附设吉本喜剧剧场。

麦说完，立刻觉得自己说过头了。绢发出"啊……"的一声，只看着麦。两人互相注视，气氛略微尴尬。麦先受不了了，想换个话题，刚说出"那个美妙夜电波……"绢也开了口，"啊，我想……"两人的话重叠在一起。

绢先回答了麦："是菊地成孔[1]的那个？"

"对。"

"我当然在听。"

"对不起，你刚才想说什么？"

"我想去下洗手间。"

绢不好意思地笑着站起来。麦给她指了方向。

绢离开座位。她不知道，麦一直傻笑着看着她的背影。

麦也不知道，绢瞥见门口鞋架上并列摆放着的两双匡威"开口笑"时，一边的嘴角微微上扬了。

绢从卫生间返回，靠着墙，坐到麦的身边。

"有段时间我很迷天然气仓。你知道吗？东京

---

1 菊地成孔（1963— ），爵士音乐人、作曲家、作家。2011 至 2018 年间，曾在 TBS 广播电台主持一档名为《菊地成孔的美妙夜电波》的节目。

都内的高岛平、芦花公园、千岁鸟山、南千住都有，各式各样的。"

麦找出手机里的天然气仓照片，绢凑到他身旁细看。确实是没完没了的天然气仓，看着似乎一样，却又造型各异。绢发出钦佩的感叹声。

"我拍过视频，还剪辑了……"

"电影吗？"

"称不上称不上。"麦自嘲，连连摆手否定。

"我想看！"绢却口气坚定。

"别了别了，三小时二十一分钟呢。和《指环王：王者无敌》一样长。从头到尾全是大罐子。"

"我想看，想看！感觉比《霍比特人》有意思。"

"那，现在去看？"

"走啊，走啊！"

事情就这么干脆利落地说定了。麦有些不敢相信，正要问绢"你当真吗"，绢的手机响了。麦只好打了一个手势，让她去接电话，不用在意自己。

绢离开座位，去通道接电话，通道处走进三个客人。

"啊，这不是山音吗？你怎么在这里？"

麦听到有人大声叫他，吃了一惊。三人之一是卯内。

她坐进麦的对面："怎么回事？你怎么在这里？"麦也想这么问她。

"我刚才去卡拉OK店了，他们说你不来了，因为月亮的形状不吉利。"

麦有些前言不搭后语。

"哈？什么嘛！听他们胡说，但是你为什么在这里啊……和谁一起喝呢？"卯内看着餐桌。

麦胡乱点点头，看向店门口，却看不到绢的影子。

"我们一起喝吧，好不好？就这么定了！"

卯内说着，回头寻找与她同来的一对情侣。情侣也向这边招手："过来一起喝吧！"卯内拉着麦的手，强行把他拽到那边的桌子上。

8

是母亲打来的电话。连续两天彻夜不归，绢挨了骂，只好撒谎说正和女友们在一起，心烦意乱地挂了电话。

让她心烦意乱的并不是母亲，是麦。刚才她在通道里清清楚楚地看见了，麦一听见那个女生叫他，就美滋滋地和女生说到了一起。看来男生都喜欢这种"闪亮女孩"，绢不禁暗想。

绢返回座位时，麦的位子空着，他正在卯内几人的桌上谈笑。

麦看到绢回来了，悄悄挪过来，有些愧疚地和绢打招呼："等一下，我马上就回来……"

绢冷冰冰地回答："我刚联系好了，今晚去朋友那儿住。"

她确认了账单金额，从钱包里拿出 2200 日元放在桌上，拿起双肩背包和两包卷纸站起来。麦一脸不明就里的神情，抬头望着绢。绢却看向别处，什么都没看见。

"抱歉，我先走一步。"完全是赌气的口吻。

"你们继续喝吧。"

绢笑容满面地和卯内几人打了招呼，走出店门。

女子心海底针，麦突然被上了一课，愣着说不出话来，只呆呆地望着绢离开的背影。

"小麦，小麦，我早就想和你好好谈一谈了。"

卯内有些醉了，声音甜腻，眼睛也水汪汪的，麦一时招架不住。

"啊，现在就是我飞上天空的时刻吧。"麦想。但是，往哪个方向飞呢……

深夜，绢走出居酒屋，独自朝着不存在的"朋友家"走去。

"我在生什么气呢？"绢想，"为什么要为一个今晚初遇的人生气呢？"绢虽然心里明白，却克制不住怒气。

并不是为他生气，而是恼怒自己。明明一直自诩"活得静悄悄的，基本上不怎么兴奋"，却轻而易举地对他动了心。

绢走在横跨井之头线的过街天桥上，正为缠成一团的耳机线心烦意乱时，后面传来急促的脚步声，像是匡威"开口笑"的足音。

是他吗？是他吧！绢心跳加速，又立刻克制住自己。依旧头也不回地向前走。

"对不起，请等一下，喂……"

真的是麦追了过来。

"是不是钱不够？"

绢想掏钱包。麦一声不吭地从她手里夺下一包卷纸，抱进怀里。

"我们顺路。"说着与绢并肩走了起来。

"我朋友家就在这附近。"

绢想拿回卷纸，麦抱紧了不松手。

"这种话，一听就知道是骗人的。"

"没有没有没有，没骗你。"

"少来少来少来。"

"真的真的真的……"

两人互不相让，争夺着卷纸。

一辆自行车捺响着铃声飞速过来，麦想保护绢，把她压在工地围墙上避开自行车，又立刻松开她，只沉默地抱紧了怀里的卷纸。

绢不想再经历一次心情灰暗的晨归。她心里并没有期待什么，只单纯地对麦说：

"山音，我，我想去那种一看就知道是卡拉OK店的卡拉OK店……"

绢的声音很低，很微弱。麦看着她，脑海里卯内的脸彻底消散了。

9

　　一看就知道是卡拉 OK 店的卡拉 OK 店里，绢唱着蘑菇帝国的《停表错觉[1]》。

> 我和你去便利店
> 买了 350 毫升装的啤酒
> 散步在深夜
> 时针指向零点

　　"知道什么是停表错觉吗？"绢看着麦。
　　"你说不知道。"麦继续把歌唱下去。
　　"那是一种时针恍若静止了的现象。"两人合

1　Chronostasis，指注视跳动的钟表秒针时，看到的第一次跳动仿佛比第二次要长久，是初看的印象长久映在脑中导致的错觉。

唱。

啦啦啦，喔喔喔……

就像歌中一样，绢和麦去便利店买了 350 毫升
的罐装啤酒，一边喝着，一边走在回家路上。

"你知道什么是停表错觉吗？"

"不知道。"

"就是你偶然瞄了一眼表，发现显示数字正好
是你的生日，你心跳加快了，这就叫停表错觉。"

对唱似的对话。

绢的心情好极了。麦看着她，也很开心。两人
笑着干杯，一人各抱一包卷纸，走在甲州大道上，
边走边说起今村夏子的小说。

"我超喜欢《这里是亚美子》[1]。"

"我喜欢《野餐》！"

"那本真的很有冲击力。"

1　《这里是亚美子》(『こちらあみ子』)，今村夏子 2011 年出版的小说
　　集，获得第 24 届三岛由纪夫奖。后文提到的《野餐》一篇收录在其
　　中。

"对吧!《野餐》之后，她好像一直没出新作。"

"想看欸。前不久我摇晃在车上，看到邻座也在读这本……"麦说。

啊，他把"乘坐在电车上"形容成"摇晃在电车上"。绢想。

从明大前到麦在调布的公寓，要走一段漫长的夜路[1]。两人却兴致勃勃，没觉出累。

"有件事我从小到大一直没弄明白。"绢说，这时，两人终于走到了仙川附近[2]。

"所谓石头剪子布，握拳是石头，竖起食指和中指是剪子，伸开手掌是布，对吧？"

麦暗想："……不会吧！"

"布怎么可能赢过石头呢？明明会破的。"绢继续说。

麦暗想："……现在我知道，有一个人和我有着同样想法。"

1　如果坐京王线，明大前到调布之间有十一站。
2　距离调布还有四站。

10

　　两人一路走回调布车站，在 PARCO 大厦前举起双手，仿佛闯过了终点线。天忽然下起雨来，越下越大，他们抱紧了不能弄湿的卷纸，尖叫着跑回麦的公寓。

　　"请进请进！屋里比较乱。"麦请绢进了他月租五万八千日元的小公寓。

　　"可以放到这里吗？"绢把卷纸和湿淋淋的双肩背包放到厨房地板上，脱下大衣。

　　麦去拿毛巾了，绢打量着厨房墙边的书架。书架上整整齐齐地排放着各类小说和漫画书，很多书都是绢也看过的。

　　"这不就是我的书架嘛！"

　　绢接过麦递来的毛巾，说道。麦高兴地长呼了一口气，露出笑容。

　　就像刚才说好的，麦打开了从未给别人看过的剧场版天然气仓。两人并肩钻在暖桌里看着电脑，伴随着环境音乐，屏幕上无数大罐子流淌而过……

　　看到一半，饥肠辘辘的麦在便携煤气炉上架好烤鱼铁网，烤了三个饭团。绢喊着"太好吃了！很香"，吃掉了两个。吃完饭团，"我想睡一会儿，就睡五分钟……"绢说着，趴在暖桌上睡着了。天然气仓电影刚好进入最精彩之处。麦为她披上毛毯。

　　一小时后绢醒了，对麦说："电影很有意思，那我就回家了。"

　　麦暗想："完了，她讨厌我了。"

　　麦一路送绢到巴士站，巴士已经开来。麦先跑去示意司机稍等，绢随后慌忙赶来，上了车。

　　绢站在巴士车门的台阶上，回头对麦说："嗯……过阵子国立科学博物馆有一个木乃伊展。如果你有兴趣，我们一起去看吧……"

　　话音未落，车门关上了。隔着车门玻璃，麦努力做出的口型是"我愿意"!

　　绢松了一口气似的露出笑脸，摆手道别。麦目送着巴士驶远，也松了一口气。这才发现自己手里还拿着一包卷纸，忘了还给她。

花束みたいな恋をした

回到公寓，麦想着该怎么处理这包卷纸："看木乃伊展的时候带给她吗？怎么可能！请她过来自取？不行不行不行。要不，我自己收下算了？……"为了卷纸，麦真心实意地烦恼了一会儿。

先放在房间角落里好了。麦钻进暖桌。啊，刚才她在这里睡着了。麦认认真真地叠好绢用过的毛毯，轻轻放到一边。她刚才就在这里，麦恍恍惚惚地想着。虽然不是梦，却那么不真实。

尽管彻夜未眠，麦却依然兴奋，打开速写簿开始画画。顾不得吃早饭，一口气画好了昨天没能画出的日记，写好日期和名字。是绢看着书架的背影。"这不就是我的书架嘛！"绢说。昨夜最美妙的一刻。

麦凝视着画。画技如何不太好说，"无论如何，这是至今为止最喜欢的一张。"麦想。

"如果有最灰暗的晨归，那么就有最爽朗的晨归。"绢在飞田给站下了车，心里这么想着。她抱着卷纸，在人流中逆行，与上班族擦肩而过，心情与昨日截然不同，就连直射而来的炫目阳光也不再是嘲笑她的敌人。

然而家中父母姐姐的反应还和昨日一样。恰好出门上班的姐姐捉到贼似的看着绢："哟！你回来啦。"进了玄关，马上要去上班的父亲也故意大声喊："孩子她妈！我们彻夜未归的小绢回来了！"母亲走出来："你看看现在几点……"绢不想听训话，赶紧把卷纸塞到母亲怀里，逃到了楼上。

"太可惜了，太可惜了，都别和我说话，别覆盖掉我的记忆。"

绢用力关上自己房间的门，拉紧窗帘，只摘了围巾，穿着大衣扑倒在床上。

"我还想在昨天的余韵里多待一会儿。如果有适合这种时候的音乐就好了……"

她闭上眼睛，捂住耳朵，回味着昨夜的事。

2015.1.16
MUGI

"从调布车站步行八分钟，他的公寓，书架上放着无数本关于尚未踏足的国度的《地球步行手册》[1]……"

记忆回溯到绢说出"这不就是我的书架嘛"的那一刻。麦的书架上有一排《地球步行手册》，美国西海岸、墨西哥、秘鲁、印度、中东……绢问他都去过吗，麦笑了，都还没去过。

绢拿起书架前的速写簿，麦慌了："啊！这个就别看了！"

"山音，这都是你画的？"绢一幅幅翻看着。

"嗯，是的……我想如果将来能以画画为生就好了。"麦局促不安地说，"你要是想吐槽，现在正是机会！"

背着双肩背包站在东京都现代美术馆前的青年。

雨中用伞给野猫遮雨，抚摸着猫咪的青年。

二手唱片店里，在纸箱中寻宝的青年。

都是麦的自画像。

1　《地球步行手册》是日本公司地球步行方出版的旅游指南丛书。自1979年创刊以来，《地球步行手册》系列已出版超过100本图书。

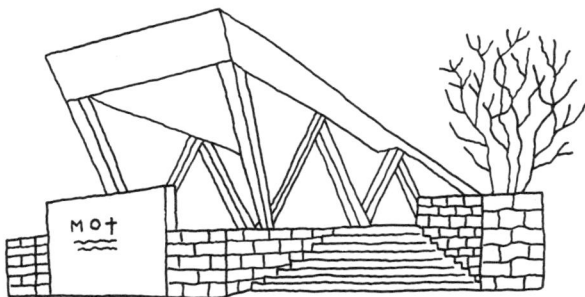

MUSEUM OF CONTEMPORARY ART
TOKYO

2014.12.2
MUGI

绢认真地看向麦："山音，我喜欢你的画。"

绢想，昨晚的时光能在她心中留到永远。

"雨还在下，晕黄的路灯切映出一段淅沥的雨丝，我听着雨声，细看着麦的画。麦非常不好意思，只说'你这样会感冒的'，从浴室拿来吹风机，电源线勉勉强强能够着，他开始为我吹干被雨淋湿的头发。我心中预感到有什么将要发生了，心跳得怦怦直响，却被吹风机声盖过去了。"

麦也在回想。为她吹干濡湿的黑发时，时间静止了，好像驻留在了那一刻。

"她喜欢我的画。她喜欢我的画。'山音，我喜欢你的画'……"

那声音至今还萦绕在麦的心头。

"山音，我喜欢你的画。"

想着想着，麦睡着了。伏在几小时前绢睡着的位置上睡着了。面前的电脑屏幕上，显示着国立科学博物馆"木乃伊展"的官网。

12

"对不起，让你久等了！"

麦气喘吁吁地跑来，向绢低头道歉。

绢站在国立科学博物馆门口，身穿一件深蓝色短牛角扣大衣。

麦穿着一件深蓝色牛仔外套。两人脚上都穿着匡威白色"开口笑"，上衣都是灰色帽衫，还很神奇地各自拿着一个JAXA的托特包，只是颜色不同，这完全就是情侣装。

"那就走吧。"绢转身向"木乃伊展"会场走去。麦有些不好意思，空出少许距离，跟在绢身后。

从博物馆出来，两人去了连锁家庭餐馆。家庭餐馆的餐桌够大，这一点特别好。绢打开木乃伊展

的画册，两人并肩看着。

"多棒啊！"绢看着一张木乃伊面部特写照片，心满意足地嘻嘻笑出来。

"真的，我都找不到语言形容……"

对麦来说，不是木乃伊，而是面对木乃伊欢喜微笑的绢，让他找不到语言形容。

"二位要点什么？"

年轻女店员走过来，她一头褐色头发，眼神帅酷。绢慌忙收起木乃伊画册，麦要了两份饮料自助套餐。

周末之夜，两人一直喝着自选饮料，漫无边际地聊着天，一直聊到客人渐渐稀落。

"对了，对了，我家邻居那个男的，长得超像村上龙，他妻子，长得像小池荣子！"

"喔……那他们家不就是寒武宫殿[1]了吗？"

他们的笑声回荡在安静的店里，麦这才发现周围的客人都走了，他拿起手机看了看时间。

"我们走吧。"

---

1 作家村上龙与演员小池荣子在东京电视台共同主持着一档名为《寒武宫殿》的经济类节目。

花束みたいな恋をした

"好。"

两人站起来，绢一边穿着外套，又开始说："对了，你看过《黄金神威》[1]吗？"

"看了。好看死了。"麦答着，重新坐下来。两人脱了外套继续聊天。最终，话题又转到星余里子[2]、蒸汽波音乐和饭事剧团[3]的舞台剧《我的星球》[4]上。

他们去饮料台拿了三次饮料，察觉过来时，又到了末班电车的时间。

京王线末班电车里，拥挤的乘客中，两人身体紧贴在一起，然而他们都假装若无其事，麦在调布站下了车，绢一个人回了飞田给。

绢想："在他眼里，我只是普通朋友吧。"

麦想："她只当我是兴趣相投吧。"

接下来的周末，他们去了植物园。两人坐在公

1　漫画『ゴールデンカムイ』，2014 年开始连载，作者为野田悟。
2　星余里子（1974— ），日本女性漫画家，连载有漫画《今日的猫村小姐》。
3　日文名ままごと（mamagoto），由剧作家兼导演柴幸男创立的日本剧团。
4　剧作家柴幸男的作品，2014 年首演，演员均为高中生。讲述人类大规模移居火星后，留在地球的高中生筹备文化祭的一天中发生的故事。

园里的快餐车旁，吃着薄饼卷菜，畅聊了漫画、小说和话剧。麦在调布下车，绢回了飞天给。

麦回到公寓，坐在被子上，看着手机照片上薄饼卷菜后的绢的脸。"有人说，如果一起吃过三次饭还没有告白，就只能做普通朋友了。还有人说，不见面时思念时间的长短，决定了喜欢还是不喜欢。如果真是这样，那确定无疑了。"

绢在自己床上，看着手机照片上吃着薄饼卷菜的麦。"他对店员的态度很亲切。他调整了步幅，为了和我步调一致。如果这些都算感情卡上的积分，那早就积满了。"

绢给麦发去 LINE 短信："今天很尽兴。这星期你哪天有空?"

麦飞快地回信了。两人约好，星期五，由麦带路，去打卡各个天然气仓景点。

"这次我一定要告白。"绢想。

"末班电车到来之前，我要告白。"麦拿定主意。

13

　　他们去了高岛平。新河岸的河岸边，厂房型居民小区中，威风凛凛地并排矗立着三个巨大的淡绿色球形天然气仓。

　　"噢……比想象的壮观多了，我低估了天然气仓。"

　　绢雀跃着走在德丸桥上，身子探出道路护栏外，从最佳观赏处眺望着天然气仓三兄弟。

　　看着她的背影，麦举起手机，自言自语着"女孩遇见天然气仓"，按下快门键。她忽然回过头来，天然气仓背景下，她看着麦，定格的瞬间，明眸闪亮。

　　"喔，拍了一张超级棒的。"麦让绢看。

　　两人换位置，绢也拍了麦。画面中麦举着剪刀

手扮鬼脸。

"离末班电车还有八小时。"绢想。

"得逐渐改变气氛了。"麦想。

他们又去了以前去过的连锁家庭餐馆。麦吃着意大利面，给绢看了他带来的电影上映表，都是专放老电影的单馆系影院。

"早稻田松竹的排片，每一部我都想看。"

"对对！还有下高井户小剧场。"

麦拿出一张又一张电影院的传单。

绢想："我们在说什么啊？！"

麦内心焦急："离末班电车还有三小时！"

然而，两人再一次去饮料台拿了饮料，麦找到的新话题却是："买吐司时，你是五片党，还是六片党？"

麦在心里后悔："不行不行！越扯越远了！"

"离末班电车还有两小时。"绢很着急。

怎么才能进入告白模式呢？麦和绢都摸不清头脑。世上的情侣们都是怎么开始的啊！两人内心焦虑，嘴上却在扯东扯西，时间流淌而去。

上次那个女店员又过来打招呼。她拿来一张

宣传单放在两人的餐桌上："如果你们有时间……"
那是一支名为 Awesome City Club 的乐队的宣传页，
照片上的女性主唱就是眼前的女店员。麦很惊讶。

"哇，是真的欸，真是同一个人！你在玩乐队
啊！"

"还不行，刚出道，我们在 YouTube 上发作品
的，可以去看噢。"

"要看，要看！"

麦用手机打开 YouTube，忽然想起现在正是机
会。

"对不起，你有推荐吗？有什么浪漫一些的歌
吗？"

听到麦这么说，绢马上明白了："比如情歌……
什么的……"

"嗯嗯，有的。"

女店员推荐了一首 *Lesson*。两人用麦的耳机，
一人左端，一人右端，合着听了。

激昂的乐曲响起，麦想："很好，有希望！"

绢看着麦的眼睛，心说："还有一小时。"

就在这时，是谁发出了高呼："喂！你们两

个！"

是邻座客人。这人耳朵上戴着不方便携带的大号包耳式耳机，正用笔记本电脑听着什么。

"你们俩一点儿都不喜欢音乐吧！"

绢和麦一时间搞不懂他在说什么。

"用耳机听歌的时候，L端和R端发出来的声音不一样。"

只知道他好像很生气，于是，两人取下了耳机。

"抱歉，我得给你们讲讲，什么叫唱片的混音技术……"

原来，包耳式耳机中年男是一个录音师。接下来的一个多小时里，两人听了一堂冗长的混音技术课。

中年男说完一大通，心满意足地离开了。绢和麦两人也准备走，这时一个没见过的男店员走来："让您久等了，这是您要的巧克力帕菲。"说着，将一个巨大的巧克力帕菲杯放到两人座位的正中间。

"嗯？我们没点啊？"麦说。

店员慌忙确认收据。

"……糟了……实在对不起，是我搞错了！"

店员显然是新手，他正要撤下帕菲，麦忽然想起什么："等等！"

"如果可以，这杯我们要了……"

麦说完，绢也对店员绽开笑脸："是的，我们要了！"

店员满怀歉意地致谢离开。

意外的伤停补时从天而降。

两人对着帕菲杯举起手机拍照。映在两个屏幕上的，都是对方的脸。

"八谷。"

麦呼唤着画面里的绢。

"嗯。"

绢回应着画面里的麦。

"你愿意和我交往吗？"

看着画面里的绢，麦告白说。

"好的，非常愿意。"

绢抬起头，认真地看向麦。

麦迎上她的视线，微笑了。

今夜的 MVP 是那个笨乎乎的男店员。

他们乘上末班电车，一起坐到飞田给站。麦把绢一直送到家附近，才步行回了调布。

静无他人的夜路，红绿灯前，绢说："这里就可以了。"麦说："那就到前面那块亮一些的地方。"他陪着绢过了人行横道。

人行横道过到一半，绢忽然冒出一句没头没脑的话："我个人不喜欢白色牛仔裤。"

"你说什么？"

"如果我男朋友穿了白色牛仔裤，那我对他的喜欢，会减少一点点。"

"明白了。我不穿白色牛仔裤。"

"山音你也有这种点吧？"

过了人行横道，麦思索了一下。

"唔……玩 UNO[1] 时，有人专门盯着你说不说'UNO'，没说的话，就要多拿两张牌。我不喜欢这种人。"

1　一种桌游。因玩家需在出牌至手中剩下最后一张时喊出"UNO"而得名。"UNO"在西班牙语／意大利语中意为"1"。

"明白。我会注意的。"

对话结束。

"再见。"

"晚安。"

麦转身想往回走，却被绢叫住："现在是红灯！"一辆车从麦眼前开过。

他们刚才走过的红绿灯已经变红。绢站在麦身边，陪他等绿灯。

红灯却始终纹丝不动。并肩站在一起的两人，手碰触到了一起。他们用力地回握住对方，四目相对，吻到一起。

接吻时，红灯依旧未变。

"红灯一直不变绿欸。"麦想。

"因为是按键式红绿灯。"绢知道。

麦这才察觉，不由得心说："谢谢你，按键式红绿灯。"

一吻过后，绢说："对了，还有一条。我喜欢这种互动方式，希望能频繁进行。"

麦拥绢入怀，两人再次亲吻。谁都没去按那个键。

押ボタン式

14

两人开始交往了。最初的一星期里，两人去了原美术馆，去人形町吃了炸牡蛎，请漫画家阿谭[1]画了大头像。画上绢和麦并肩站在一起，仰望着芒果小姐[2]。麦把画摆放到家中墙边的黄金位置。

三月一个大风之夜，两人钻在麦的暖桌里，用电脑看一部无聊的电影，看到一半，觉得实在没意思，两人上了床。那是他们第一次做爱。风声消隐了绢的细小呼喊。

绢在麦的公寓里连住了三夜。没去大学上课，没去招聘说明会。一直在麦的床上，两人做了无数次。

1　指泰国漫画家 Wisut Ponnimit。
2　Mamuang，泰国漫画家阿谭创作的漫画人物形象。

麦看着厨房，"在这里做过"。看着暖桌，"在这里也做了"。

　　三天后冰箱被吃空了，他们去附近的咖啡馆吃了松饼。麦想："别看我们正吃着松饼，其实刚刚做完爱。"

　　第四天，两人都要去打工，绢回了家。

　　回到家后，绢和往常一样，一边玩手机，一边吃着早餐，忽然看到一条令她震惊的网络新闻，手中吐司跌落到地上。黄油那面先着了地，然而她的内心正受到巨大冲撞，根本就没有留意。

　　好几年了，绢一直在追一个名为"恋爱生存率"的博客。现在传来了博主明衣自杀的消息。

　　"对我来说，明衣仿佛就在我眼前，每一句话都是说给我听的。"

　　明衣对绢来说，是一个可以"交流心声"的存在。她的博客始终贯穿着同一个主题"事情的开始，也意味着终结的开始。"

　　相遇之中已包含了别离。恋爱就像派对，终有结束的一刻，所以热恋中的人们各自带来珍惜之物，围绕在桌前，倾听，畅谈，享受欢乐之下的惆怅暗痛。

一年前，明衣在博客中写道，别看她是悲观主义者，如今却在热恋之中，她不想把这场恋爱当作一夜之间的短暂派对。

"虽然恋爱生存率只有百分之几，但我会闯过去的。"明衣半开玩笑地写道。现在，她却死了。

对绢来说，明衣之死带来的深切哀伤与丧失感，与心爱作家的去世远为不同。绢莫名感到自己心中也出现了一个微小的空洞。

那之后的一个星期，麦和绢去了静冈，进行了一场当日往返的小旅行。他们想去静冈本地人气很旺的连锁餐馆"炭烤餐馆·爽"，因为绢说过，她想吃那里有名的"拳头汉堡肉排"。中午时分，他们在静冈车站下了车，先去海边散步。

拍摄旅行纪念照时，他们用的总是简易胶片相机，而不是手机。新潟县出生的麦在大海前，看着远方的海平面，说着"日本海和太平洋真不一样[1]"。绢在一旁，凝视着他的侧脸。

本应是一场快乐的小旅行，而绢心里，那个微小的空洞还在，明衣的事总在不经意之间掠过心头。

"她一定目击了爱的消逝，所以殉爱而去了吧。虽然这都是我的想象……"

绢低头看着脚下，用简易胶卷相机拍下被波浪打湿的匡威"开口笑"的鞋尖。

再抬起头，却不见麦的身影。她四下看看，不合时节的寒凉海边，无尽沙滩，只有她一个人，哪里都找不到麦。

"小麦？……小麦！小麦！"

绢变得不安，大声呼唤麦的名字。松林那边传来麦悠闲的声音："小绢，我在这儿！"麦拿着两个装着外卖的塑料碗跑过来。

"我买了银鱼饭。差一点儿来不及，还好赶上了。你看，看上去就好吃，对不对？！"

麦仿佛在说"快来表扬我"，绢却生气了。

1　新潟县临日本海，静冈县临太平洋。

"你不能一声不吭就跑远了！"

"是我不好，"麦道歉，却一点儿也没觉得自己做错了，只笑着说，"我们去那边吃吧。"

坐在海岸公园长椅上吃完银鱼饭，两人去靠岸的废船边避风，坐望夕阳渐渐沉落。麦从身后把绢拥进怀里，一起看着夕阳。绢沉浸在幸福的心绪里，想着明衣。

"我并不想在她身上投射自己的恋爱，但是我知道，我和麦的派对，进入了最快乐的时刻。"

天色暗了，两人来到"炭烤餐馆·爽"。等位的人排成长蛇阵。两人等了很久，却离店前的等位座位都还很遥远。热门餐馆的人气真不容小觑。

"小绢，再不走就赶不上新干线了。"麦给她看回程车票。

"好吧，我们下次再来。"

两人看着菜单上拳头汉堡肉排肉汁四溢的照片，虽然心有不甘，却不得不离开。

绢开始频繁出入麦的公寓，两人进入半同居状

态。绢整理着静冈旅行的照片，麦在厨房里做好了意大利面，盛在盘中摆到暖桌上。

被子上摊开着无数照片，麦拿起其中一张，问绢："这种花好像很常见，是什么花？"

"玛格丽……"绢说了一半停下了。

"什么？"

"女生要是教给你花的名字，今生你再看到这种花，都会想起女生的名字。"

这是明衣说过的话。

"啊？这是什么道理？那你赶快教我啊！"

"我得考虑一下。"绢用开玩笑的口气说着，逃进厨房。麦追过去："不许跑！"

那张照片里，绢和麦躺在草地上，身旁盛开着白色玛格丽特菊。

15

交往几个月后，初夏的一天，他们一起去看了麦的学长的摄影展。艺廊前贴着海报，"青木海人摄影展"。都是抽象艺术摄影，照片拍的既不是人，也不是风景。这有什么含义呢？怎么看都是谜啊，两人表情严肃地看着。有人叫麦过去。是海人前辈和麦的几个朋友以及主办方一起站着喝酒庆祝。

他们走过去，麦给众人介绍了绢。

"这是小绢。"

绢与这些人初次见面，难免紧张，微笑着打了招呼。

"喂，你们什么关系？"

"她是我女朋友。"麦不假思索地回答，绢就这么在麦的好友圈里正式出道了。众人一同发出欢呼。刚才招呼麦的人拍着他的肩膀，说："不错，真有你的！"

绢对面站着一个头戴黑帽、穿着黑背心、胡子拉碴的男子，问绢："作品感觉如何？"绢察觉到这大概就是青木海人本人，于是回答："非常精彩。"海人身边，站着一个黑发长长的女子。两人肩头文着情侣文身，图案像是欧洲神话里的怪物。

绢看看众人，发现无论是海人，还是两个后辈男生，都戴着黑帽子。

文身女友问绢："我知道，你一定在奇怪，这些人为什么都戴着黑帽子。"

"有一点儿……"

"自我意识越强的人……"

"帽檐越宽……"

文身女友听到绢这么说，喜悦地点头同意，又用胳膊肘撞撞麦："我喜欢你女朋友，小麦，你真找到了一个好的！"

文身女友名叫川岸菜那，从此和绢成了朋友。她对海人说："快给他们拍一张啊！"海人前辈拿起单反相机，拍下了麦和绢的合影。

回去的电车上，两人说起海人和菜那。

"如果没有绝对不会分手的自信，是不会去文情侣文身的。"

"啊？小绢你没有自信？"

"小麦说不定会劈腿啊。"

"什么？"

麦看着绢嬉笑的侧脸，在心中发誓："我绝不做让你伤心的事。"

盛夏到来时，麦第一次看见绢哭了。

调布的小公寓里没有空调，纱窗外传来一阵阵压倒风声的蝉鸣，绢在桌前埋头填写简历，说要把以前耽误的时间都抢回来。这几日她都在参加求职活动，忙得废寝忘食。麦在一旁帮不上什么忙，只能倒一杯冰镇咖啡放到她身旁。

要去企业面试了，绢把头发梳成整齐的马尾辫，穿上黑色求职西装。麦在阳台目送她，绢走出小公寓没多远就停下脚步，扯正了脚踝水泡上的创可贴，再次穿好尚未习惯的黑色半高跟皮鞋。麦向她摆出一个必胜的握拳姿势，绢也笑着挥舞拳头，挺直了脊梁。

所有参加招聘的女大学生都是同一副打扮，黑西装，黑包，半高跟皮鞋，像一群复制人。公司的HR却希望她们同时洋溢出个性。人生中的矛盾让人笑不出来。

绢忙于求职中的某日，入夜后，麦独自在公寓里画着插画。那是他独行于人群中的情景。最近绢太忙了，没有时间约会。麦默默往画上涂着阴影，手机响了，是绢打来的。

"面试怎么样？"

"唔，就那样。"

绢在电话那边无精打采，她打电话过来，却说不出几句话来。

"哦。"

"小麦，你在做什么？"

"画画，海人前辈给我介绍了出版社，让我准备几幅作品。"

"嗯，加油哦。……那，晚安啦。"

"晚安……等等，小绢，等等！"

绢声音里的脆弱让麦微微心痛。

"什么？"

"小绢，你在哭吗？"

麦穿过下班的公司职员人流缝隙，在新宿车站的地下通道里狂奔，脚下的拖鞋踢踏作响。

地铁检票机前，身穿求职西装的绢无力地靠在柱子上。麦跑过去，才知道她在抽泣。

"你就穿这身坐电车来了？"

绢哽咽着问，看到麦脚上的拖鞋后又苦笑出来。麦穿着家居T恤衫和短裤，脚上套着拖鞋，没背包，双手攥着手机和钱包就从调布跑过来了。麦什么也没说，把绢紧紧抱在怀里。

绢伏在麦的肩头哭了。

那一夜麦才知道，绢最近几天一直在接受压力面试。

让她伤心哭泣的并不是麦，但是，他一直没能察觉。

所谓的"压力面试"也有很多种。本来，面试官为了检测应试人的随机应变能力，想听到最直率、无遮拦的回答，才故意提出很多尖刻问题让应试人失去镇定，现在已变成一种流行的面试手法。这种手法即使只是实验性的，也侵犯了应试人的人权，单纯是面试官在耀武扬威、凌辱他人。

　　麦在小桌上摆好唐扬鸡块和素面，依旧难抑心中的怒火。

　　"这种手法也能大肆盛行，现在的日本真是疯了。"

　　"小麦你为什么生气呢？没办法，都是我没出息。"

　　绢为了平静心情，转身去厨房洗手。

　　"小绢，不是你的错，面试官也太过分了。"

　　"他是高管。"

　　"谁管他高不高！他这种人，就算看了今村夏子的《野餐》，心里也不会起波澜。"

　　"这种话，对求职来说太无力了。"

　　绢返回到小桌旁，心情依旧黯淡。麦拿来两

个装着面酱汁的杯子，愤愤地说："不去求职就好，不想做的事情，就别做了。"

"我父母会啰唆个没完的。在他们眼里，大学毕业生不正式工作就等于反社会，不走正路。"

"那就住在这里吧。"麦不假思索地说。

绢笑笑，只回了一句："这个啊……"

"我们同居吧。"

看着麦认真的表情，绢含着一口素面愣住了。

16

"小绢！小绢！"

麦在阳台上兴奋地喊，绢也走到阳台，半个身子探出阳台栏杆，高兴地欢呼："太棒了！"

"棒吧？超棒吧！"

站在阳台上，视野没有任何遮挡，多摩川从他们眼前奔流而过，绵延开去的川岸上一片无尽的绿色。两人一起欢呼："哇！"

好不容易下定决心要住到一起，两人决定找一处新公寓：一定要比旧公寓宽敞；尽量不要木质结构的；如果可能，离车站近的当然好；如果可能，房龄短的当然好……希望的点可以列出无数，无奈预算有限。如果说找一个新家的过程，是浪漫幻想和现实主义的拔河比赛，那么在东京找房子，现实主义占绝对优势。两人不甘放弃浪漫心，实地看了无数房子，最后找到了这处老旧公寓。

"这里要铺木地板。"

麦对着阳台地面，比画着展开双臂。

"要放桌子和椅子。"

绢也展开双臂，两人眼中，梦想中的新生活已经拉开序幕了。

"但是，从这里到车站要步行半小时。"房屋中介说。

两人根本不在意。确实，这里离车站特别远，房子很旧，大门上没有电子锁，没有 Wi-Fi，浴室里也没有全自动热水器，但是有大而明亮的窗户，宽敞的阳台，广阔的天空，无尽的多摩川。浪漫幻想赢了！

他们买了双人床，合力在窗户上挂起茶色、白色和绿色相间的窗帘，为天花板装了古旧而美丽的灯，给阳台铺上木地板。就这样，距离京王线调布站步行三十分钟的公寓，看得见多摩川的房间，两人的生活开始了。

花束みたいな恋をした

两人穿着同样的匡威"开口笑"，去附近买东西。麦抱着卫生卷纸，绢抱着一大捧花。商店街的一角，有一家名为"木村屋"的老面包房，两人从窗外看向店里，看见颇有年头儿的木头货架上，摆放着各种老式夹馅面包。他们买了夹炒面的，边走边吃，沿着多摩川一路走回家。"十月二十九日，在附近发现了一家老夫妇经营的面包房，炒面面包很美味。"绢在博客中写道。

　　麦的生活变化，不仅仅是两人开始同居。海人前辈介绍的出版社最终没谈成，但从别处找到一个画插画的工作。麦伏在新买的桌子前，认真地画着画。

　　"十一月一日，开始给网站画插画了，一幅一千日元。"麦在日记中写道。

　　同一天，绢开始在冰激淋店打工。她系着围裙，戴着帽子，客人想吃什么口味，她就用蛋筒做什么口味。就在绢微笑着招呼客人时，后面库房里店长和年轻的小时工男生鬼鬼祟祟不知在做什么。绢倒是想在博客上写"店长在和打工男生出轨"，还是作罢了。

打工结束，绢走出调布车站，麦正倚靠着车站广场的路灯柱看文库小说，等待绢下工。他们买了星巴克的外卖咖啡，一边喝一边沿着多摩川走回家。每天都是这样。步行回家的三十分钟是最珍贵的一段时间。

十二月二十四日，同居以来第一个圣诞节。他们从便利店买来两块小小的蛋糕。

"圣诞快乐！"

他们交换着礼物。就像初遇那天互换文库小说，现在双手捧着礼物小包交给对方，就像在互授奖状。

绢打开麦的礼物，是蓝牙耳机。

麦打开绢的礼物，是蓝牙耳机。

"谢谢。"他们注视着对方笑了。有了蓝牙耳机，再不会有缠成一团的耳机线了。

十二月二十九日，两人在床上吃着小零食，一起看《宝石之国》，从 2012 年开始在杂志连载的长篇奇幻漫画,上个月出了第五卷。两人年底都很忙乱,现在终于有时间看了。麦翻开每一页,绢都贴近细看。两人手里都拿着纸巾,哭到哽咽。

大晦日 [1]。两人都没回父母家。麦用布巾擦了地板，绢在阳台上晒了被褥，一起做了大扫除。

　　晚上煮了即食面，一起吃了跨年荞麦面。午夜零点时，新的一年即将来临，他们去附近神社做了新年参拜。

　　神社的石灯笼下放着一个纸箱。绢好奇地掀开盒盖，里面有手写字条："请收留养它吧。谢谢了。"一只小黑猫从纸箱里抬起头来，"喵"。同居第一年的最后一天，两人捡了一只猫。

1　即除夕夜，但在日本指阳历十二月的最后一天。

　　　　　　　　　　　　　　花束みたいな恋をした

2016

17

2016 年，新年第一件事，是给猫起名字。"给猫起名字是一件非常神圣的事。"麦想。

最后起名叫"Baron"（男爵）。

"Baron，开饭了！"绢一呼唤，小猫一溜烟儿地跑了过去。眼前这小小的男爵享用着猫罐头，两人怎么也看不厌。

麦给 Baron 画了无数张画。

春天，两人都没找到正式工作就大学毕业了，成了零工族。

有一天，麦和往常一样读着书，在站前广场等绢，绢一路向他小跑过去。

"小绢，你看，好像是一本刚创刊的杂志。"

麦给绢看手里的书。今天他看的不是文库小说，而是文学杂志。

"你看，上面还有今村夏子的新作呢。"

"啊，真的欸！"

绢拿过杂志，如饥似渴地看着。这是刚刚出版的文学 Mook《吃得特别慢》[1] 创刊号，上面刊载了今村夏子时隔两年推出的新作《鸭子》，两人站在路灯下读了。

"四月十三日，读了今村夏子的新作。"绢在博客中写道。

六月三日，两人想做点儿逆反的事，于是去府中的"栗林饺子店"买了煎饺，工作日的中午就喝上了啤酒。零工族，想怎么逆，就怎么逆。麦大口吃着饺子，喝着啤酒，绢在一旁打开笔记本电脑。

"快看这个！这个人就是……"

绢指着 YouTube 上的画面，一支乐队在演奏，和着电吉他的乐声，女主唱俯视镜头，她看上去有

1　日本刊名为『たべるのがおそい』，书肆侃侃房出版社出版的纯文学杂志，内容以小说、翻译和短歌为主。

些面熟。

"是家庭餐馆的那个姐姐。"确实是那位女店员。

"对吧！真了不起，没想到，了不起！"

"真的，舞跳得这么好，平时真看不出……"

她在屏幕里边唱边跳，完全是技艺高超的艺人，与做店员时判若两人。这位家庭餐馆的店员此时变成了金发，艺名PORIN，现在是人气歌手。时光已在不知不觉中溜走，在两人膝间嬉戏的Baron几乎已是成年黑猫。而麦和绢，还是零工族。

麦继续为网站画着插画。应网站要求，不仅画从前的黑白画，也开始画彩色了。一天，正当麦在桌前用水性马克笔给插画上色时，响起了LINE短信音。

是网站发来的短信："专栏插画追加三幅。报酬一千日元。请多关照。"

麦有些奇怪，回信问："一幅一千元吗？"

对方马上回复："三幅一千。"

麦觉得这个价格没道理，但自己只是半职业水准，不好与对方讲价。啊，哪里是半职业，根本就是业余画手，有活儿干就已经谢天谢地了。

　　"哦……"麦仰天呻吟之后，回信说，"好的，知道了！"

　　麦放下笔，长叹一声。就在这时，玄关门打开，绢脸色凝重地回来了，未经喘息便说："怎么办！明天我父母要来！"

　　"啊？"

　　"你要小心。他们都是广告公司的，贩卖价值观的行家，肯定会用花言巧语笼络你的。"一说到自己家人，绢就变得毒舌，麦严肃地听了她关于"如何应付父母"的讲座。

　　第二天，八谷芳明、早智子夫妇来公寓看望了同居中的女儿和她男友。绢和麦把父母买来的派对美食套餐分装进盘子里，四人在餐桌前干杯喝了葡萄酒。

　　"进入社会，就和泡澡一个道理。"

　　早智子用手指拭去杯口的唇印，进入花言巧语模式。绢飞快地打断母亲："不要在餐桌上发表策划案演说！"

芳明站起来，看着书架上排列的 CD。

"你不听 OOR 吗？"

麦闻声转过头："我可以听的。"对 One OK Rock，麦说不上喜欢还是讨厌，不怎么听，但也不是完全不感兴趣。

"我给你们弄票，你俩去看 OOR 的演唱会吧。OOR。"

"呃，他只是想迎合年轻人，才用 OOR 简称吧。"麦这么想着，也说着"OOR"，露出客气的假笑。

"我现在正在上奥运会。"芳明得意扬扬。

"上奥运会的是运动员，不是广告公司！"女儿迅速泼冷水。

父亲一下子不知该说什么，母亲并不气馁，捡起刚才被打断的话头：

"不是非得让你们进大公司，我们没这个意思，只要普普通通上班就行。进入社会就和进澡盆泡澡一样。进之前嫌麻烦，一旦进去了，就会觉得真不

　　　　　　　　　　　　　花束みたいな恋をした

错。"

听早智子这么说，麦点头同意："确实。"绢拽拽麦的袖子，在他耳边悄悄说："别上当，这就是广告公司的套路。"

"人生啊，就是承担责任。"

早智子抛来一句点题广告语，芳明的电话响了。芳明高兴地说："是比吕先生的电话！"连忙走到阳台上接了，说了很久。

无论如何，绢父母的这场压力面试，麦好歹通过了。

然而更可怕的是三日后。麦的父亲，山音广太郎突然从新潟县的长冈来了东京。

那一夜，广太郎出钱叫了外卖寿司，盘腿坐在矮桌前，和两人干杯喝了啤酒。桌上放着广太郎的手机，外放着长冈复兴祈愿烟花大会的视频，《木星》[1] 响彻了整个房间。

1　新潟县长冈市，以夏季烟花大会著名。长冈市将 2005 年设定为自然灾害复兴元年，此后每年在大会上放一组主题为《浴火凤凰》的盛大烟花，背景音乐即平原绫香演唱的《木星》。

广太郎喝着啤酒："你小子是长冈人，烟花以外的事不用考虑！"

"别扯了。"

"东京的烟花才一点点大，太小了，给我赶紧回家！"

听着父亲的威严命令，儿子做出微弱抵抗："我有想做的事。"麦把自己的插画拿给父亲看。广太郎瞥了一眼，毫无兴趣，漠然地还给麦。

"那每月生活费我可就不给了，统统捐给烟花大会。"

广太郎笑着，仿佛在说笑话。麦知道父亲说到做到。绢在一旁默默听着父子对话，看懂了麦的表情。

麦每月的五万日元生活费变成了烟花，第二天，两人在回家路上喝的咖啡也不是星巴克的了。

"海人前辈让我过阵子去帮他拍照。"

"是吗？我也想见见菜那。"

两人喝着便利店咖啡回了家。

18

　　白色水母在圆筒形水箱里悠然游动。

　　"再靠下，再近一点儿，左手不要动。"

　　听着海人前辈的指示，麦移动着手里的 LED 电筒。这种简单帮忙，连小孩儿也能做。不过说得好听些，也算"摄影助理"。

　　海人拍完，用电脑确认刚才的图像，麦也不知道无数待选照片中哪张才是正解，只一边收拾着摄影器材，一边问海人："今天没看到菜那……"

　　"在银座上班呢。她对付色老头子有一手。"

　　"哦……"麦隐约明白了。

　　"嗯，就临时去一阵子。现在大川老师很看好我。还有，只要我能拿到广告，就有钱了。"海人说着，对麦做了一个拿笔的手势，"麦君，最近这个怎么样?"

"单价越来越低了……"麦低头沮丧地说。

海人会意地一笑,走过来说:"要不我和菜那说说? 她会给小绢介绍一家好店的。"

"啊?"

麦惊讶地盯着前辈,不敢相信海人是认真的。

海人前辈的表情变得严肃起来:"你得挺住。所谓的协调性和社会性,都是才华的敌人。"

麦说不出话来。前辈也许以为自己说了金句,在麦听来,却没什么道理。

麦步履沉重地走在回家路上,想着海人自己做着艺术梦,却让女朋友去银座酒吧打工。前辈这种做法,就算被《情热大陆》[1]拍成节目,真有那么励志吗?

三十分钟路程却走了四十多分钟,快到公寓门口时,LINE 短信来了。

"你好。下一次插画,依旧三幅一千日元,辛

---

1 TBS 系列电视台的电视节目,以随身拍摄的手法记录艺术家、运动员及学者的求道之路。

花束みたいな恋をした

苦了。"

麦在公寓台阶前长叹一声，靠到墙上，稍微想了一下，回复：

"抱歉，我们约定的是一幅一千日元吧。"

"该说的话得说。"麦想。他早就这么想了。

很快来了回复。

"这样噢，那我们在'插画屋'上找就好了。没关系的。再见。"

麦只有苦笑。插画屋是一个提供免费素材的网站，原来"没关系"还可以这么用。"如果协调性和社会性是才华的敌人，那我打败了敌人，坚守住了才华。但关键是，我真的有才华吗？"

麦坐在沙发上，给坐在地板上的绢吹干头发。Baron 在高凳上卷成一团儿，旁观着二人。麦关掉吹风机说："小绢，我，我想找工作了。"

"啊？"绢回头看他，惊讶地瞪圆眼睛。

"虽然有些晚了，我打算找份正式工作。"

"画呢？"

"一边上班一边画吧。等到生活稳定下来，我再把重心移到画上。"

麦收拾着吹风机，语调平静。看来他已经想好了，绢只有接受，但她还是想问清楚。

"因为我爸妈这么说了？"

"不是，不是的。我在想，今村夏子很久没有出新书，现在写出了新作，《鸭子》很好看对吧？家庭餐馆的姐姐成了PORIN，现在多棒啊。接下来，该看我的了。不行吗？"

没什么不行。绢只是觉得，一边打工一边画画和工作之余画画不太一样。

"不是不行。我还以为我们会一直这样子，一直持续下去。"

"接下来也是这样子啊。除了我去上班外，其他不会变的！毕竟，如果没有钱，怎么买书呢？连电影也看不成，对吧？"

"对。但是……"

"我想好了，去找一份正式工作。"麦深深点着头，满脸笑容，仿佛想让绢放心。

这一次轮到麦剪了清爽发型，穿上求职西装。

绢在公寓阳台上目送，向他挥手，"路上小心"。麦举起必胜的拳头，"我走了"！

麦出门后，绢在房间里打开簿记二级的函授资料，她也想早日和"零工族"头衔说再见。

在绢的记忆里，那个夏天是"就算电影《新哥斯拉》上映了，《黄金神威》出第八卷了，新海诚突然变成'宫崎骏第二'了，涩谷的 PARCO[1] 关门了，我们的求职生活还在继续"。

秋日来临，两人依旧没找到正式工作。绢开始上函授课程，每晚默默学习簿记。麦忙着查阅企业资料，填写简历，心里想着："变成普通人，真的太难了。"

十二月，绢先找到了正式工作，在东京繁华地带的一家牙科医院当会计。新年伊始便要去上班。

YouTube 播放着 Awesome City Club 的《就在今晚做些不会错的事》，主唱 PORIN 现在染着粉红

1　PARCO 是一家日本连锁时装大楼品牌及企业。1973 年开业的涩谷 PARCO 曾是涩谷文化的代名词。它于 2016 年停业，原地新建了大厦，2019 年 11 月重新开业。

头发。

2016 年末的麦的记忆里，铭记着“她拿到二级簿记资格，先找到了工作。就算 PORIN 姐的头发染成粉红，就算 SMAP×SMAP[1] 迎来了最后一期节目，我一个人的求职生活还在继续”。

去年大晦日深夜从神社捡回的小黑猫，已长成了帅气的猫男爵。一年过去了，绢走上了社会。麦依旧是零工族，四处求职，焦虑地想着：“一月她就要去上班了，但愿我也能在新年前找到正式工作。”

看着麦废寝忘食的样子，绢也暗自祈祷：“但愿一切顺利。”

可惜事与愿违，麦还是老样子，两人和一只猫度过了跨年夜。

1　SMAP 乐队五人成员出演的电视综艺节目，1996 年 4 月开播，2016 年 12 月 26 日迎来最后一期。同年 12 月 31 日，SMAP 乐队宣告解散。

2017

19

绢在牙科医院里不仅负责会计，还做一些前台
接待工作，淡然度日。医院里还有一些与她年龄相
仿的女性，或是文员，或是护士，正点下班后经常
去喝酒享受生活。

周五黄昏，绢和同事们打过招呼，正要回家，
在玄关补妆的两个前辈叫住她："八谷，你总是单
独行动噢。"

她们仿佛在质问："你为什么不和同事交际？"
是啊，职场人际关系确实需要维持。绢举起手来：
"我也去。"

"来吗？考利多街[1]。收集名片。"两人意味深

---

[1] 考利多街（Corridor-gai），或称高架回廊街。位于东京银座和新桥
之间，聚集了很多欧洲风格的小餐馆和酒馆，夜晚非常热闹。

长地微笑着。

　　不知从何时起，银座附近的考利多街有了"搭讪圣地"的称号。夜晚的银座聚集着无数高级俱乐部，在人们的印象中，那里原本是公司高层和娱乐明星纸醉金迷之地。而铁路高架桥之下的考利多街则有众多氛围轻松的酒吧和餐馆，吸引年轻男女和公司职员来此寻欢作乐。这里不像新宿、涩谷、惠比寿和六本木那样到处是吵闹不堪的大学生，好歹沾着银座的边，所以聚集了寻求情缘的成人男女。

　　绢跟着前辈同事们过来，在 Standing Bar（站立酒吧）要了鸡尾酒，立刻就有西装革履的三十岁左右的男子过来搭讪，递来名片。前辈同事们说着"谢谢啦"，将名片熟练地收好。某男问："我们请客，想喝什么？"前辈们熟稔地回答："龙舌兰酒！"绢立刻后悔了，这不是她想来的地方。手机响了，是麦打来的电话。

　　绢借口要去洗手间，离开座位，在店门口给麦打回去。

　　"抱歉，我刚才没听到……"

"小绢……"麦的声音与往常不同。

绢有些惊慌了:"喂? 你在哪儿? !"

"我找到工作了。"麦仿佛在哭,"找到工作了。"

"太好了……太好了……"

绢发出安心的叹息,靠在酒吧墙上,重复着同一句话。

第二日是个晴朗的好天气。绢和麦在阳台桌子上摆开吃喝,碰杯喝了葡萄酒,庆祝就职。

麦递来一张公司宣传单,是一家名为"EC 物流"的公司。"专门给网店做快递的,公司刚成立不久,发展前景很好。"

"嗯。"

"还有一点特别好,那就是五点钟准时下班。"

"就是说你有时间画画。"

"太好了,真的。我有了工作,就能和小绢永远在一起了。"

麦说得非常自然。然而"永远在一起",却让绢心中惊讶。

麦笑着继续说:"我们认识两年了,百分之百开心的两年。今后也会这么下去的。我的人生目标,就是和小绢维持现状。"

绢伸手把麦搂近了,两人依偎在一起,眺望着多摩川。

"任天堂 Switch 必须得买了。"

"嗯,好期待《塞尔达传说》。"

多摩川波光粼粼,徐缓而坚定地向远方流去。

20

麦进了公司的营业部，作为职场新人，工作非常忙碌，经常晚上八点多才到家。绢觉得现实和预想的太不一样。麦却说，刚开始嘛，没有办法。公司前辈们带着他四处营业，虽然忙碌，每日却新鲜，麦觉得很有意思。

刚买不久的游戏机一直闲置在电视机旁，《塞尔达传说：荒野之息》玩到刚开头的卓拉领地，就没有再进展。

某日，麦格外罕见地按时下班了，绢在车站等他一起回家。多摩川沿岸，步行三十分钟的路程，两人边走边聊，手里的咖啡不再是便利店的，恢复成了星巴克。

"'牯岭街'马上就要下线了。"

小剧场正在放映杨德昌的《牯岭街少年杀人事件》4K 修复版。片长三小时五十六分钟，两人原本说好了一定要去看。

"星期五行吗？"

"星期五……不行，要和同事喝酒聚餐。"

"嗯……反正是电影嘛，什么时候都能看的。"

绢淡淡地说，仿佛不以为意。麦连忙道歉，又仰望夜空，呼出一口气，从星巴克咖啡里喝出了苦涩。

接下来的一周，菜那邀请两人去喝酒，麦因为工作没有去。这场聚会的成员仍是上次海人摄影展上的那群人，却唯独不见了海人。据说菜那和他分手了。

"小绢你自己来吧。"听菜那这么说，绢就自己去了。

聚会的几个人中，除了菜那和黑帽团的祐弥、大梦，还有祐弥的女友彩乃，加上绢一共五人。几人在新大久保的韩国餐馆里围着铁锅吃着芝士辣鸡，都微微有了醉意。大梦猛地问到了核心问题：

"菜那，我想问问你。真的是因为海人太穷，你们才分手的吗？"

绢从麦那里听说了，菜那在银座做女招待养活海人。菜那什么也没说，只撩起刘海，给几人看了额头。发际线附近有一大块淤青。

"啊，是他打的？"祐弥惊讶地凑近看。彩乃愤愤地说："太渣了！"

几人心情沉重起来，原本热闹的气氛冷了下来，只有大梦在为海人辩护。

"我觉得，海人自己也不好受。他有想做的事情，却不被世人认可，一个没忍住就……"

没忍住就打人吗？！绢怒火涌上。菜那豁达地苦笑，对绢说："麦君真的很了不起。"

绢无法释怀，只能和菜那相对苦笑。

这一夜，麦很晚才回来，吃着便利店买来的乌冬面，听绢说了菜那的事。对海人前辈，麦既没有骂，也没有替他辩解，只仿佛听了一个笑话，吐槽说："人分手了，情侣文身还在，也太尴尬了吧。"

绢叠着洗好的衣物："菜那一直想见你呢。你下周有空吗？"

麦没有直接回答："公司让我负责东海地区的客户开发了。"

"……这样啊。"

绢明白了，麦没有时间参加朋友聚会。

"公司让我提交策划书呢，我现在渐渐有了一些人脉……"麦美滋滋地说。

"太好了。"绢微笑着站起，把衣物放进壁橱里。不经意间，看见麦的绘画工具都收拾在书架上，才想起很久没看到麦画画了。

21

绢坐在公寓沙发上，读完了前年芥川奖得主泷口悠生[1]的最新短篇集《茄子的光辉》，感慨着长舒一口气，还沉浸在小说的余韵里。趁着兴奋劲儿还在，她想找麦说话，拿着书走到麦身旁。

电脑前的麦正在列表计算着什么。

"你看这个，小麦！"

这时 LINE 电话响了。麦确认着来电人姓名，"对了，那个舞台剧，你上次说要一起去看的……是什么时候来着？"

"《我的星球》？"两人曾经约定，要去三鹰看饭事剧团的话剧《我的星球》。绢看了看贴在书架

---

1 泷口悠生（1982— ），日本小说家，2016 年芥川奖得主。

花束みたいな恋をした

旁的节目单，"星期六……"

"周日我要出差。现在公司说要提前一天去静冈。"

哪天去看，看哪一场话剧，麦什么都不记得，明明说好了，现在又要毁约。绢没有生气。

"好，没关系的，没事儿。"

麦察觉出来绢的神情不对："那我跟公司说说。跟你去看话剧好了。"

"啊？为什么？真的没关系……"

"怎么会没关系！你都买好票了。"

"工作嘛，没办法的。"

"现在这样子，其实我也不愿意。工作工作，你以为我喜欢总挂在嘴边啊。"

"我懂。"

嘴上说着体谅对方的客气话，表情和声音却又希望对方体谅。两人都是这样。

"只是，我现在和小绢的生活节奏不太合拍。"

"什么？"

只是生活节奏不太合拍。这句话，麦认为是冷静的客观分析，绢却很伤心，不敢相信麦能说得这么冷淡。

"我想说，现在对我来说很关键。"

"我懂。"

"你的表情明明就是'又来了'。"

"我当然会想'又来了'，因为'又来了'呀！但我想说的是……"

"没办法，我都说了要去看戏。"

"什么叫'没办法'，你要这么说，我不想去了。"

"啊？"

"最近你的'没办法'也太多了。"

听到绢这么说，麦无言以对。"没办法"哪里错了呢？你希望我去，我顺从你的心意，你还有哪里不满意呢？

看着麦皱眉不说话的样子，绢明白，麦认为自己没有做错。

"少来这种嫌弃脸。"

"没办法，那我就不做嫌弃脸。"

"你这是什么态度！"

"我的说话方式又惹某人生气了。"

明明是你在生我的气，绢想着。她心烦意乱地叹了一口气。

"我不想为无聊小事吵架。"

"那部舞台剧我们看过吧！"麦按捺不住怒气，指着宣传单不耐烦地说，马上又感觉说过了头，另换一种口气，"好像没看过……那时我们一直说，要是重演就好了。"

"对，就是那部！"绢伤心又沮丧。

麦也有些惭愧："是我不好。"

看着垂头丧气的麦，绢把《茄子的光辉》递过去。

"这本很好看，出差时带上吧？"

"谢谢。"手机又响了，麦放下《茄子的光辉》，开始接电话，"是我，您辛苦了。星期六？好的，我会去的。"

未等和绢确认星期六究竟怎么办，麦就在电话里答应了去出差。

绢站在床边，看着外面。夜晚的多摩川一片浓黑，什么也看不见。房间玄关处，并排放着两人工作时穿的黑色皮鞋。一模一样的白色匡威"开口笑"在鞋柜里沉睡很久了。

花束みたいな恋をした

22

　　麦和公司前辈去了静冈。

　　"前五年你得忍着。咬牙忍过五年就轻松了。"横田前辈说。麦只觉得五年太过漫长。

　　他们在客户的停车场里停好车,打开后备箱取出行李。横田前辈先甩手走了,一大摞资料让麦一个人抱着。一本书从麦肩头的行李包里掉落到地上,是绢送给他的《茄子的光辉》。麦捡起书,随手扔进了后备箱。

　　绢独自去了三鹰市艺术文化中心。

　　柴幸男率领的饭事剧团成立于 2009 年,以音乐剧《我们的星辰》获得了岸田国士戏剧奖。2014年他将剧中人物改为高中生,由真正的高中生首演了这部《我的星球》，好评如潮。绢没能看到当年的首演，现在终于赶上了重演。

剧场里很热闹，观众多是年轻女性。绢终于看到了心念已久的话剧，开始还提不起精神，但渐渐看入了迷，忘记了不开心的事。填写完观众感言，绢心净如洗，轻快地走出剧场。

静冈出差之夜，横田前辈说："带你去一家好吃的店。"麦跟着去了，就是那家"炭烤餐馆·爽"。

他们将菜单垫纸抬高到胸前位置防止油溅，面前的铁板上，圆乎乎的汉堡肉排汁液四溢，嗞啦作响。店员用巨大刀叉三下两下将汉堡肉排一分为二，"会帮你们烤到中间部分微红的程度"，接着将断面按到炽热铁板上炙烤，最后浇上洋葱沙司，沙司嗞嗞啦啦冒出滚烫的气泡。

"是不是超级棒！我简直愿意为了这家店搬到静冈来。"横田前辈咬着肉，笑着说。

"超级棒。"终于吃到心念已久的汉堡肉排，然而绢不在，麦心中泛起愧疚。

23

　　在忙碌的工作中，这一年转眼到了年末。

　　麦把工作带回家，夜深了还在电脑前忙着。绢在他身旁放上一杯咖啡。

　　"哦，谢谢。"

　　"嗯，累了吧。"

　　绢坐在沙发上，拿起游戏机手柄。游戏启动，电子音猛地响起，麦不由得回头看了一眼。

　　"啊，抱歉。"

　　"没事儿。"麦站起身走到沙发后，"塞尔达？"

　　"嗯，光是攀崖就很好玩。现在，我打到水神兽瓦·露塔了……你要不要玩？"

　　绢递过去手柄。麦皱起眉头："我还好啦。"

　　"也对，抱歉啦。"

"你开大声玩也没关系。"

"我换个时间玩吧……"

"没关系，小绢也工作一天了，好不容易轻松下来。"

麦返回桌前，取出蓝牙耳机戴好，对着电脑继续忙碌起来。绢看着他的侧脸，不知说什么才好，麦却毫无知觉。

绢关掉游戏，去了卧室。

圣诞节那天，两人去了涩谷。麦扯着绢的手："圣诞节嘛，我们去购物吧！"绢说想看电影，两人去了圆山町的欧洲空间影院。

他们看了阿基·考里斯马基的《希望的另一面》，一个从内战中的叙利亚逃到芬兰的难民的故事，情节虽是严肃冷峻的社会问题，手法却淡然而幽默。何谓希望？何谓希望的另一面？绢沉浸在静谧的画面里，麦却在一旁睡着了。

看完电影，他们去了书店。涩谷这条街上原本有许多大型书店，公园大道上号称"书籍百货店"的大盛堂书店、明治大道上的文教堂、车站前的旭屋书店、东急百货店里的 Book1st、PARCO 地下的书籍中心，等等，但现在都一家接一家地消失了。如今，约会时去书店亲密挑书的男女已是濒临灭绝的珍稀动物。

绢找到了最新一期的《吃得特别慢》，正要拿给麦看，却发现麦正在商业励志书架前读着前田裕二的《人生的胜算》，读得那么痴迷认真。绢没叫他，独自去结了账。

当天晚上，麦坐在床上盯着手机，漫不经心地说了一句，"今天的电影很好看"。绢应了一声钻进被子。两人都没心情交流电影感想。

"和我同期进公司的同事要结婚了。"麦放下手机，关灯时忽然冒出一句。钻进被子里后又问绢，"你有考虑过吗？"

"嗯？"绢哑口无言，今晚气氛这么冷淡，麦居然提起结婚的事，他怎么想的。

麦却还在追问："没考虑过？"

"好像没考虑过。"

"我觉得可以考虑了噢。"

"哦……"

绢刚要关掉床头灯，麦又问她："你还希望我为你做什么？比如一起看电影什么的。"

"……阳台的灯泡该换了。"

"哦，啊！你上次说过了，对不起我忘了。"

"嗯。"

"我会换的。晚安。"

灯灭了。一片黑暗中，两人脊背相对，各自想着心事。

"我不懂他。对三个月没做爱的恋人说什么结婚。"

"我不懂她。为什么还那么学生气？难道她不希望两个人一直生活下去吗？"

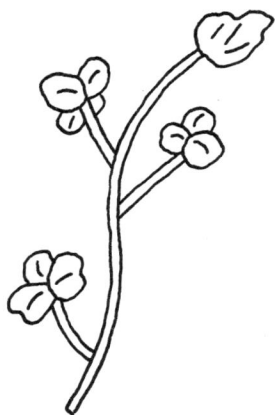

2018

24

两人迎来了同居后的第三个新年。绢和麦的对话明显变少了。谁想喝茶就一个人去斟，想吃橘子就独自去剥，各干各的，仿佛在过独居生活。

麦还是老样子，下班回来就在桌前工作，绢在起居室打开电脑，用 Netflix 看《怪奇物语》之类的电视剧。

Baron 在窗边发出寂寞的叫声，两人都塞着耳机听不见。

时隔很久，绢和菜那见了面。一天中午，她们在神保町的"班格拉厨房"的露天席位上吃着咖喱。

"说真的，不动脑筋的话，兴致很难提起来

的。"

"动什么脑筋？"

"用点小玩具什么的。"菜那不假思索地出主意。

"也太傻了吧。"绢苦笑。

"你们在一起三年了吧？"

"照你这么说，世上所有交往三年的情侣都在用玩具吗？"绢忍不住大声问。背后走来的一个男子听到后不由得停住脚步。

"呀，是加持先生。"菜那说。

绢回头，那个叫加持的男人微笑着向她打招呼。他留着波浪长卷发，两颊微有胡茬，像是个搞艺术的，四十岁上下，比所谓的"帅大叔"年轻一些。

25

某个冬日，绢去附近的商店街买东西，得知了
一件令她伤心的事。不知何时，那家炒面面包非常
美味的面包房"木村屋"关门不做了。

绢伤感地看着店门上手写的关店通知，"衷心
感谢各位五十八年来的光顾与厚爱"。是啊，到处
都是这样，个人经营的店铺一家接一家地消失，变
成了面目统一的连锁店。

那天，麦很早就从客户那里回了公司，一进营
业部，就大声说："镝木运输的司机把送货卡车扔
进海里了！"

正在自己座位上喝咖啡的后辈小村却天真地
问："啊？这什么意思？"

麦问横田前辈："你知道司机的名字吗？"

"饭田。你认识他吗？"

"以前一起找过丢失货物。他和我同岁。"

"公司会为这事成立对策组的，估计会让你处理这件事。"

未等麦说什么，横田就带着小村走了出去。

出大事了。麦能想象，那么大的工作量，接下来他会忙得焦头烂额。正当他手足无措时，绢发来了 LINE 短信。

"'木村屋'面包房关店了！"还发来一张关店通知的照片。

麦心烦意乱时，绢却发来这种无聊小事。麦不耐烦地回复了一条。

绢正在家里逗猫，手机响了。

"在车站前的面包店买不就行了。"

绢一时哑然。她并不是发愁去哪里买面包，而是看到喜欢的店关门了，内心很失落。她想说的是她很寂寞。麦怎么就不懂呢？绢靠在沙发上，心情烦乱地呻吟了一声。

就在这时，手机又响了。她以为又是麦，拿起一看，却是菜那介绍给她的那位加持先生。

"前日那件事，你想好了吗？"

天色已暗，麦在仓库里，无助地看着工人用叉车将无数湿纸箱堆积成一座座小山。

"山音前辈，糟了！已经上新闻了！"

小村给麦看手机。某新闻门户网站已经登出了"快递司机将送货卡车扔进海里"的标题，甚至附上了司机的肖像照。

这个司机在送货途中，将载货卡车扔进了东京湾里，很快在新潟县被抓获。这人与麦不仅同岁，还是同乡。据说被捕后他对警察说："老子不是苦力，不想干这种谁都能干的活儿。"

麦把手机还给小村，心里既没有怒火，也没有悲伤，只有深重的抑郁，无法遣怀。

公司会议室现在被命名为"事故对策室"，众人商量着赔付事宜。上司定好大概方针之后便先下班了，关于道歉和具体赔偿的交涉，都由麦和小村处理。麦看着数不清的货主名单，不放心把最繁难的部分交给小村，他决定自己来做。

"我其实有点儿羡慕他。"小村干完自己那部分，站起身穿上外套，"我们也差不多吧，有时候想把手里的工作统统扔开，逃得远远的。"

小村调侃的语气让麦心烦。

"有什么可羡慕的。人活在世上，要负起责任。"

"是吗？多麻烦啊。不好意思，我先走了。"

小村不以为然地笑笑，下班走了。麦怒火攻心，简直想抓起一捆资料砸到小村背上……但是，算了。

麦彻夜加班。工作稍告一段落后，他无力地躺倒在地板上。身体虽然疲惫，头脑却很兴奋，根本睡不着。他用手机玩了一会儿消消乐，机械性地在屏幕上划来划去。一局玩完，终于感到了困意。

半梦半醒之间，不知为什么，他好像回到了公寓，看到了往昔和绢躺在床上一起读着《宝石之国》的自己。

"我的梦想是和小绢维持现状……"

在阳台上干杯祝贺时自己说的这句话，已经变得那么陌生而遥远。

26

　　四月的一个夜晚，绢用 YouTube 听着 Awesome City Club 的 *Dancing Fighter*（《舞斗者》），喝着罐装啤酒，看见麦脱下西装、换上家居服走过来，便问他："还要工作吗？喝不喝啤酒？"

　　麦没有回答，看看矮桌上绢看到一半的书："哦，《黄金神威》啊，现在都出到第十三卷了？"

　　"嗯，越来越有意思了。"

　　麦坐到沙发上随手翻了两下，原样放了回去。

　　绢看出来他没有喝酒的心思，替他沏了绿茶。

　　"马上就好，稍等一下。"

　　"嗯……"

　　麦沉默不语，脸色阴沉。绢收拾起桌上的书，麦拿起最底下的一本薄册子看了看。

"这是什么?"

是一家名为 Another Planet 的公司的宣传手册。绢的表情仿佛在说"糟了,被他发现了",又立刻镇静下来,沉着地坐到麦的对面。

"我打算换个工作。"

绢终于说出了早就想说的话。

"什么?"

麦却想,你在开什么玩笑。

"是个娱乐策划公司。我和朋友聊起喜欢的电影,他们就邀请了我。是派遣编制,工资也比现在少。我现在下班后经常过去看,跟着学东西……"

绢一口气全说了。

麦很震惊:"啊?那医院的工作呢?朋友,哪个朋友?"

"已经和医院交过辞呈了。朋友就是那个策划公司的老板。"

策划公司宣传手册第一页上,印着社长加持航平的文章和肖像照。

"你等等,等等!怎么都是我不知道的事?"

这时,麦只是吃惊。

"对不起。"

听到绢轻飘飘的道歉，麦从吃惊变成了疑问。

"为什么？你好不容易才考下资格证，为什么要轻易放弃呢？"

"嗯，确实。不过我干着干着，觉得医院的工作不适合我。"

"工作就是工作，哪有什么适合不适合？还有，为什么要去这种娱乐策划公司？难道这个就适合了？"

"我想发挥自己的兴趣爱好。"

"兴趣爱好。"麦冷笑出声。

绢翻着公司简介，给麦解释："这个公司在做密室逃脱什么的，有时会用漫画改编成游戏，还会做音乐宣传之类的。"

"不都是玩嘛！"

麦这句话惹到了绢。不过绢依旧努力微笑。

"是在玩。公司宗旨就是玩。把游戏当成工作，把工作做成游戏。"

"俗透了。"

麦的疑问变成怒火，绢还在强作微笑。

"是，确实有点儿俗，而且每天都在喝龙舌兰。"

"工作可不是游戏。这不是胡闹吗？万一干不下去呢？"

"到时候自有办法……"

绢说到一半便不说了。看着麦怒火冲天的脸，她不想吵无谓的架。

"我知道，小麦对工作特别负责任，非常辛苦，忍受了很多委屈。"

"没什么可叫苦的，工作需要。就算客户老头子冲我吐口水，让我去死时，我也想过也许我生来就是向人低头的命，但没什么可叫苦的，因为这就是工作！"

面对神色得意地讲述着悲惨故事的麦，绢觉得有什么地方错位了。

"那个客户有病吧。"

"他职位很高的。"

"就算是高管，差劲就是差劲。那种人就算看了今村夏子的《野餐》，内心也不会起波澜。"

这是麦以前说过的话，没想到绢会这么反驳，麦沉默了。

"小麦被那种人伤害……"

"我已经毫无感觉了。"麦看着书架长叹一声，"对我来说，《黄金神威》停在第七卷上，《宝石之国》什么情节也早就忘了。小绢你还在追，我真羡慕你。"

"你也可以看呀！稍微放松一下不好吗？"

"我放松不了啊！根本看不进去！只有力气玩消消乐！"

麦攥着手机，仿佛快哭了。为什么只有力气玩消消乐？绢不会懂，麦也懒得谋求理解，但他希望绢能懂得：

"我都是为了生活，所以一点儿都不辛苦。做喜欢的事？人生哪有这么简单！"

终究麦还是认为绢不对。嘲讽的口气令绢生气，做喜欢的事哪里不好了，正是因为喜欢，两人才同居的呀。绢不由得提高声调："我们是因为喜欢，才在一起的，为什么总是谈钱呢？"

"因为我想和你一直在一起！所以连不喜欢的事也做了……"麦的语气也变得强硬。

"不喜欢的事，我不想做。我想开开心心地活着！"

"那我们结婚吧！"麦吼道，"结婚。我拼命工作挣钱，你在家待着吧。不用工作，也不用做家务，每天干喜欢的事就够了。"

"这……是求婚吗？"轮到绢冷笑了，"你在求婚？这种场面……和我想象的不太一样。"

两人都觉得没意思，垂头丧气起来。

"算我没说。"

麦站起来逃向厨房。

"也是我不好。"

绢拿起茶壶沏茶，给麦端过去。

"可能泡得有点儿苦了……"

麦拭着眼角，喝下茶水。

"这么苦正好。"

两人都无力地笑了。绢坐到麦的对面，打开餐桌上的电脑。

"最近在看什么？《行尸走肉》？"

"在看《无为大师》。"

房间里的气氛犹若温吞茶水，男爵在窗边安静地舔起了毛。

27

没多久，绢就辞去医院的工作，开始去娱乐策划公司上班了。

七月，公司策划的密室逃脱体验馆开业第一天，绢在会场里做引导员，听到耳机中的指示后，大声呼叫客人的排号，引导客人入场。绢朝来客队列里的菜那挥挥手。

"挺不错的呀，好像很适合你。"

菜那打量着绢。

"真的吗？这儿很好玩的。"

绢目前的工作大多是打杂，但她喜欢这样的工作场所，更主要的是，她在这里有干劲。

大厅中央，公司社长加持先生被一群年轻女孩围着拍摄宣传照，她们看样子都是模特或艺人。

花束みたいな恋をした

菜那凑近小声问："加持勾引你了吧？"

她还是老样子，下三路的话说得满不在乎。

"他身边可不缺漂亮女孩。"

加持并没有向两人的方向看过来，只是做出搞怪的表情和女孩们举着剪刀手拍照。

舒缓的环境音乐流淌着，还能听到很多人的说话声。绢睁开眼睛，看到昏暗的房间里闪动着一盏歌厅球灯。换个姿势仰面躺好，视野上方是一张胡茬脸。

"啊！"绢慌忙站起来。

"哦，醒啦！"加持笑了。

不知何时，绢枕着加持的大腿睡着了。

"我怎么……"

"你刚在这儿喝了一杯就醉倒了，搂着社长一个劲儿问'我怎么样，我怎么样'，然后就躺他大腿上睡着了。"沙发上的同事告诉她。今天社长带着他们来这个高级酒吧开了活动首日庆功宴。

"不会吧……"

绢一下子醒透了。刚来新公司，就干了丢脸的事。

又有几个迟到的同事赶来，众人站起来欢迎，沙发上只剩下绢和加持。

"不要紧吧？出去吃个拉面？"加持小声嘟囔。绢僵在那里说不出话。加持站起来，"走啊！"

回家的电车上，加持发来短信："明天见。"绢回复："好的，明天见。"她头脑昏沉，心情复杂。电车摇晃了一下，她险些摔倒，去抓吊环时，瞧见麦在不远处正看着手机。麦也看到了绢，向她挥手。绢也挥了挥手，回以一个僵硬的笑脸。

刚才只是和上司去吃了拉面，没发生见不得人的事，但现在撞上麦，绢却有些微妙的心虚。绢悄悄把手机装进包里。

28

　　"前辈死了，喝完酒在浴缸里睡着，就那么死了。前辈每次喝了酒，都会嚷嚷'大家一起去看海吧'。"

　　年末，海人前辈猝死了。麦和绢参加了葬礼。大梦在会场里号啕痛哭，祐弥拍着肩膀安慰他，四下却不见菜那的身影。

　　守灵仪式后，麦带着绢去了名代富士荞麦面店，吃了海人前辈生前最爱的红姜天妇罗荞麦面。

　　那一夜，绢回到公寓后说累了想睡觉，立刻去了卧室。麦毫无倦意，独自用游戏机玩了塞尔达，心却不在游戏上。他走出家门，在多摩川岸边找了个地方坐下来，盯着夜晚的河面发了会儿呆。

　　"我本想用一整夜时间，和她说说海人前辈的事。可她转身去睡觉了。我独自玩了游戏，去外面走了走，哭了一会儿，终于觉得困，也去睡了。第二天早上，她过来想找我说话，可是，我觉得一切都无所谓了。"

第二天早晨，绢刚对麦说了半句："菜那来了邮件……"麦却什么也不想听，打断她说了句，"我上班去了"，便背起包出了家门。

"他的大学前辈死了。那人并不坏，但只要喝了酒，就会四处搭讪女孩子，还打过女朋友。现在人不在了，我当然也很伤心，却做不到麦那样深。我也不喜欢这样的自己……第二天早晨，我想和他好好谈一谈，已经来不及了。算了，好像怎么样都无所谓了。"

那之后，菜那叫麦去艺廊，一起整理了海人前辈的作品。满满当当的纸箱子里，有麦帮忙打光的那张水母照片。

"虽然我们最后分手了，但在我心里，有过一个和他结婚的未来。"

菜那说着，将已成遗物的照相机放回盒子里。

"我讨厌他的这里那里，可慢慢就习惯了，就连这种讨厌，也会变得麻木。但是一旦萌生了分手的想法，就想冲动地揭掉那层疮痂。"

麦深有同感。确实，他开始考虑和绢分手了。

"我不希望你和小绢分手，但年轻时的恋爱和婚姻，是两码事。"

快刀斩乱麻的分手也许可行，但是，只要不揭掉疮痂，伤口还是会愈合的吧？麦想。

新年伊始，绢的公司策划了 Awesome City Club 的演唱会。当年两人在餐馆遇见的那位女店员，如今已是舞台上的人气歌手，而绢自己参与了演唱会的幕后工作，换到几年前，这一切都无法想象。人生在一点一点发生着变化，同时麦也在与她渐行渐远，绢都感觉得到。

乐队在舞台上彩排时，绢去征求加持的意见，马上就听到了来自行家的秘籍：

"恋爱就像生鲜，赏味期很短的。一旦过了期，双方就会希望踢成平局，一个球你传给我，我再踢回去。到了这种状态，比起一个人的寂寞，两个人时的寂寞才更寂寞。"

是这样的，绢想。过去她一个人看电影，读书，找拉面店，看搞笑艺人现场演出，丝毫不觉得寂寞。那时的自己如今去了哪里？

"分手，换个男朋友不就好了？"加持轻松地说，一副与己无关的口气。

同一天里，菜那对麦说，"不希望你们分手"；加持对绢说，"分手不就好了"。晚上，绢和麦在回家路上的超市里偶然撞到了一起。

他们一起步行回家，一起上床，在时隔很久之后做了爱。被子底下，麦无言地伸出手，绢无言地接受了。

完事后，两人去厨房喝水，走到阳台上，眺望着黎明前的多摩川。他们并肩站在冷冽的空气里，一句话也没有说。远方大桥传来过往车声，多摩川永无停歇地流淌而过。

花束みたいな恋をした

2019

29

教堂穹顶下回荡着庄严的管风琴声。二月的吉日里，麦和绢应邀参加了祐弥和彩乃的婚礼，看着新郎新娘在牧师面前发誓、接吻，为他们送上祝福的掌声。而在两人心中，只觉得"婚姻"离自己那么遥远。

典礼后，参加庆典的人们在教堂外的台阶上分立成左右两列，等待新人走出教堂，目送他们步入婚姻生活。麦和绢分别站在两侧。

麦对大梦说："我想和小绢分手了。"

绢对菜那说："我想和小麦分手了。"

麦说："现在我们几乎无话可说。"

绢说："连架都吵不起来。"

"就很麻木。"

"虽然打算分手，但不知道怎么说出口。"

"如果交往不到半年，一句'分手吧'就能了事。"

"我们今年是第五年。就连解除手机合约也不那么……"

"你不知道要翻到哪一页，才能解除合约。而且对方还会挽留你。"

"会说不想分手，现在解约会亏钱的。"

麦和绢的话，仿佛一首立体声曲子，分裂成了左声道和右声道。

麦继续说："我想今天就说吧，典礼结束后就说。"大梦默默听着，无言以对。

绢继续说："我下定决心分手了。"菜那默默听着，无言以对。

大梦与菜那什么也没说。

"不过。"绢继续说。

"但是。"麦继续说。

"正因为是分手。"

"正因为到最后一刻了。"

"所以要笑着说再见。"

"所以要笑着祝她今后幸福。"

绢和麦说着这些，笑容满面。左声道和右声道都为乐曲的尾声奏出了明亮的声调。祐弥和彩乃从教堂里走出来，绢和麦站在队列里，为新人扬起祝福的花瓣。

婚礼是在横滨举行的。婚宴之后，其他人要去酒吧继续庆祝。绢仰望夜空，麦也停下脚步，港未来大道上的巨大摩天轮在夜空中闪耀着红光。麦问："你坐过摩天轮吗？"

"啊？你没坐过？"

"没有。"

"在一起四年了，还是会有不知道的事啊。要坐吗？"

"好。"

两人怀着满腹心事登上摩天轮。窗外是港未来的盛大夜景，绢看都不看，盯着膝头上摊开的新人回礼礼单。

"是自选型的，选近江牛 [1] 吧。"

"嗯？坐摩天轮不是为了看景色吗？"

"你喜欢夜景？"

"……一般般？"

"我对夜景没什么感觉。"

"你是那种为木乃伊感动的人。"

"那时你也看得很开心啊。"

"哪里，你知道那是……"

"嗯，第一次，又是约会。"

"我当时看得心里发毛。"

"我看天然气仓电影的时候困死了。"

"岂止犯困，你根本就睡着了。"

"真的，睡得很香。"

两人很久没这么有说有笑了。下了摩天轮，两人又去了卡拉 OK 店，唱了 Friends 的 *Night Town*（《夜镇》）。

无法抑制地想见到你

1　日本的顶级和牛之一。

想见你啊

你怎么样

无论未来怎样

我都想改变

握不到一起的手和手

让人心烦意乱

努力想缩短距离

却依旧相隔遥远

Who Are You？ 你是谁

What Do You Mean？ 谁来告诉我

　　麦搂着绢的肩头，两人合唱着。决定分手的夜晚，那是他们最后的约会。

30

从横滨回家的路上，绢忽然想到什么，停下脚步："回去之前……"

"嗯，回去之前先找个地方……"

"坐一会儿吧。"

"好。"

今晚还有一件事尚未完成，那就是向对方提出分手。

"那，我们去那家家庭餐厅吧。"

"哦，对啊，很久没去了。"

两人最初袒露心迹告白的地方。现在他们想到了一起，为故事画上完美的句号，那里再合适不过了。

花束みたいな恋をした

两人暗下决心，沉默地走进餐厅。曾经的座位上，已经坐了两个男客。店员让绢和麦坐到通道对面的位置。

两人面对面坐下，喝着从饮料台拿来的咖啡欧蕾。

"那么……"正当麦决定开口时，绢放在桌上的手机响起 LINE 电话音。绢慌忙挂断收起。麦说："没关系，接吧。"麦的手机也响起来，丁零丁零，两个手机响个不停。婚礼的司仪发来了大量今天的照片，两人一边看一边苦笑。

教堂里，新郎和新娘身边，教堂外，婚宴上，几小时前在宾客群中欢笑着的绢和麦。

"你笑得也太开心了吧。"

"就是很开心啊。你不也一样嘛。"

"确实开心。"

麦忽然想起什么，给绢看了他手机里的旧照片。绢和麦，海人和菜那，祐弥和彩乃，还有大梦，众人一起在楼顶 BBQ。

"这是几年前？"

"好像是三年前？"

"已经三年了啊……"

绢也给麦看了旧照，在生日蛋糕和蜡烛前的合影。那时他们刚开始交往，那么青涩纯情。

"这张也有四年多了。"

"那时多年轻啊。"

两人哈哈哈哈笑着，互相看了旧照片，对往昔的怀恋、羞耻和难言的怅惘一起涌上心头。

"我度过了开心的几年。"绢盯着手机，喃喃说道。

麦听出绢用的是过去时，惊讶地抬起头，看向绢。

"我也度过了开心的几年。"麦感慨万千。

绢放下手机，凝视着麦。

两人都知道，最后一刻即将到来。麦的话刚到嘴边，又犹豫起来，再次下定决心，放下手机。

"那么……"

"嗯。"

"都说了吧。"

"说了吧。"

"其实明天以后再说也……"麦心中还有犹

豫。

　　"就在今天说吧。"绢打断麦的话，语气坚定。

　　"现在?"

　　"现在就好。今天一整天都这么开心。"

　　"四年了，愉快的四年。"

　　"是。"

　　"嗯，我想说，我觉得，我们到今天……"麦紧紧盯着绢，一时感慨万千，说不出话来。

　　"嗯。"

　　"已经这么久了，当然，发生了很多事情……"

　　"嗯。"

　　"我，至少可以说，直到今天……啊对了，还有一张照片没看呢!"

　　麦要去摸手机，绢唤了声"小麦"，阻止了他。麦放下手机，等着绢开口。

　　"谢谢你。……我能说的只有这一句。我会把好的回忆都留在心里。小麦，你也这样做吧。"绢笑着说，语气自然而大方，"至于公寓，我自己的工资负担不了房租，我会搬出去的。接下来怎么住，都随你意。"

麦只沉默着，点点头。

"还有男爵，其实我想带走的，你肯定也想要它，这个放到后面再谈。说不定男爵也有自己的想法。"

看着温柔微笑的绢，麦的脸上也浮起悲哀的微笑，心里感慨着这就是他和绢的分手啊，忽然又觉得哪里不对。

"还有什么呢？哦家具，水电费什么的……嗯。无论如何，这四年，谢谢你了……"

"小绢，我，我不想分手。"麦双眼涌上眼泪，"我们不用分手。我们结婚吧。"

说着，麦擦去眼泪。

"我们结婚，把现在的生活继续下去……"

绢眼里也闪现出泪光，但她摇摇头。

"不会有问题的。"麦说。

"因为今天很开心，你才会这么想，但我们马上就会恢复原状的。"

"恢复原状也没关系。"

绢始终坚决摇头。

"世上结了婚的夫妇不就是这么回事吗？就算

恋爱的感觉消失了……"

麦想，坏了，说漏嘴了。但他不想隐瞒。

"……也能结婚，继续生活下去，对吧？很多人就算不再爱了，假装看不见对方讨厌的地方，也还能一起生活，对吧？那我和你……"

"底线已经这么低了，你还要再降吗？"

麦被绢的话刺痛，他也知道自己刚才说的话不合适。

"放低底线，认为一切就那么回事，难道你想要这种生活？"

这话是不是太学生气了，绢想。但她不愿全部放弃，还想留住一点梦、一些希望。

"我想。"

麦不假思索，口气坚决。

"假设我们之间的感情冷却下来了，这不就意味着，我们已经做好了准备，能成为一对和谐的夫妇吗？"

绢一脸茫然，仿佛不懂麦在说什么。麦继续争辩：

"人不可能永远停留在热恋期里。永远谋求热恋的人是无法幸福的。就算两个人总是吵架，那正是因为热恋的心情在从中捣乱啊，是这样吧？如果我们现在结婚了，我们一定会很和睦的。我们会有孩子，孩子会叫我爸爸，叫你妈妈。这些情景我都能预见到。我们三个人或四个人手拉着手，一起去多摩川河岸散步。推着婴儿车，去高岛屋百货买东西。买一辆家庭房车，去野外宿营，去迪斯尼乐园，耐心地花很长时间，一起度过漫长的人生。希望有人看到我们，会感叹说，别看他们之间发生了很多事，现在真是一对和谐的夫妇，像空气那么自然。我们朝着这个目标走，结婚，幸福地生活吧。"

麦声泪俱下，一口气说完。

"也许是吧。"

绢被打动了，低垂着目光，犹豫起来。也许这就是现实。现实的结婚，现实的家庭生活，现实的幸福也许就是这样的。

麦点头："嗯，嗯！"

看着麦拼命想说服她的样子，绢有些感动。

"是啊，如果我们结了婚，成了一家人……"

绢的话说到一半，被店员领位的声音打断："请坐这里。"麦和绢原来常坐的位置上，现在来了一对年轻情侣。

女孩穿着浅蓝色牛角扣大衣，男孩背着酒红色双肩背包，他要了两份饮料自助套餐。店员走了，两人还站着原地。

"羽田，你想坐哪边？"

"水埜你呢？"

"嗯，那，那羽田坐这边。"

"好，水埜君坐那边。"

两人定好座位，终于坐下来。两人还在用姓氏互称，看来还不是恋人关系。

麦和绢都觉得刚才的气氛被打断了，沉默地喝着剩下的咖啡欧蕾。就算他们无心去听，叫羽田的女孩和叫水埜的男孩的对话也自然而然地传了过来。

"刚才真没想到。"

"我也是。没想到水埜也会去。"

"你经常看羊文学[1]的现场吗？"

---

1 一支日本另类摇滚乐队。

“今天是第二次。”

“是吗？平时你还喜欢听什么？”

“长谷川白纸[1]什么的。最近还喜欢崎山苍志[2]。”

“啊，崎山苍志，我在 BAYCAMP[3] 摇滚节里看了现场。”

“你去了啊！”

“特别好。”

“我本来买了票，因为流感没去成。”

“真的吗？！”

两人热烈地谈着音乐，麦和绢随意地向他们望去，内心受到冲击。羽田和水垫的脚下，都穿着白色的匡威“开口笑”。

“要是你也去了，说不定我们会在 BAYCAMP 里见面。”

“是啊。不过，我很高兴今天能遇到你。”

“真的吗？”

1　1998 年生，2018 年出道的音乐人。

2　2002 年生，2021 年出道的唱作人。

3　2015 年起每年夏季在神奈川县川崎市举行的露天摇滚音乐节。

"上次我忘了问你 LINE 号了。"

"我也是，一直很后悔。"

"不过也好，毕竟上一次不像今天这么开心。"

"上次气氛有点儿尴尬。"

"很尴尬。"

"不过，自从上次见过面，我经常会想，羽田现在正在做什么呢。"

"欸?"

"不是经常，是一直在想。"

"我也是，总在想着水埜君现在正在做什么呢。"

"欸?"

"一直在想。"

"今天终于见面了。"

"终于见面了。"

听着年轻情侣的对话，麦抹去涌出的眼泪。绢看着麦，心里充满悲伤和惆怅。他们想到了一起：初遇时的麦和绢，就坐在那里。

他们也曾坐在那里，聊着天忘记了时间。聊过书籍、漫画、话剧、搞笑艺人，聊过音乐和游戏，笑了那么多次。他们曾经由衷地开心，只要两人在一起，心中就充满了幸福。

然而返回现实，如今坐在那里的，是羽田和水垫，他们站起来要去饮料台拿饮料。

"这本是什么书？"桌上放着一本包了书皮的文库小说，羽田问。

"羽田你在看什么呢？"水垫也问。

两人重新坐好，互相交换正在看的书，仿佛互授奖状。

绢看着对面的两人，再也忍不住了，呜咽着奔出店门。

麦追上去，从背后抱住伤心哭泣的绢。绢转过身，抱紧麦，两人都哭了。

那一对年轻情侣，是当下正在绽放的花。花终将枯萎。但就算枯萎了，他们心中仍会记得，那里曾有鲜花盛放过。

就这样，麦和绢分手了。

31

　　分手之夜，两人就像初遇那天一样，喝着罐装啤酒，沿着甲州大街一路走了回去。

　　"我在这种时候，总会去想一件事。"

　　绢第一次对麦说起这件事。

　　"你知道吗？2014 年的世界杯，巴西输了德国七个球。"

　　"知道噢。"

　　"我总是会想，比起那时的巴西队，我还不算太惨。"

　　"哦，你知道巴西队的队长儒利奥·塞萨尔接受采访时说了什么吗？"

　　"欸？不知道，他说了什么？"

　　"史无前例的惨败之后，塞萨尔接受采访时说：

‘我们至今为止的征途无比美好，只差了最后一步。’”

绢觉得这句话特别好。就这样，两人间的最后一夜结束了。

虽说已经分手，麦和绢一时找不到合适的租赁公寓，之后又一起生活了三个月。有时一起吃饭，偶尔一起去看电影。

有一次，两人吃着汉堡肉排，麦向绢承认了："现在我可以说了，其实那之后，我去吃了‘爽’的汉堡肉排。"

"我也吃了。"绢也随口承认，让麦吃了一惊。

有一次，他们肩并肩坐在沙发上，看着搞笑艺人的电视节目，喝着珍珠奶茶。绢随口问麦："说实话，你至少劈过一次腿吧。"

"劈腿？什么，难道你有过？"麦反问。

绢没回答，接着问：

"你没有？"

"一般不会有的吧！"

麦回答。绢没说自己的答案，只若有所思地微笑。麦看着搞笑节目哈哈大笑，又像忽然意识到什么，看向绢：

"欸？"

麦用石头剪子布赢得了男爵的监护权。

六月的某日，两人像刚搬来时那样一起收拾了行李，合力取下窗帘，告别了旧公寓，各自搬到新家。

花束みたいな恋をした

2020

麦在咖啡馆门外等待恋人。意外撞上绢，让他觉得气氛尴尬，想尽早离开，女友却说要去洗手间。

　　偏巧这时绢和男友走出来，麦假装素昧平生，让出过道。绢也若无其事地和男友说着话离开。

　　先在这里等一会儿吧，等绢和男友走远了再说，麦这么想着。女友却说着"久等啦"，从洗手间出来了。时机那么不凑巧。麦和女友不得不跟在绢他们的身后，与绢同乘电梯的那段时间是那么漫长。

　　幸好，走出大厦后，绢和麦要去的方向截然相反。分道扬镳的麦和绢不约而同地把手伸到背后，未曾回头，却悄悄挥手说着再见。

　　那一夜，两人各自回到家中，回想着今日的意外重逢。

绢在父母家自己的房间里，一个人吃着饭胡思乱想：

"今天，意外撞上了前男友。他戴的耳机，好像就是我送给他的。我们曾用它一起听过 SMAP 的《珍重》。如果 SMAP 没解散，我们也不会分手吧。"

麦在早稻田的公寓里和男爵一起吃着饭：

"今天，意外遇见了前女友。蘑菇帝国宣布引退了，美妙夜电波结束了，今村夏子拿了芥川奖，她对这些有什么看法？多摩川泛滥[1] 那天，她看到电视新闻时，是什么心情？"

绢洗完澡走出浴室时，还在想：

"我第一次去他的公寓时，他帮我吹干了头发。那天下了雨。烤饭团真好吃啊。附近那家面包房的

---

[1] 2019 年 10 月，第 9 号台风登陆日本，导致多摩川洪水泛滥，沿岸多处公寓遭到水淹。

老夫妇，现在怎么样了？"

麦看着电脑。

"记得那时我们常去附近的面包房。真想吃那个炒面面包。"

麦想起店名叫"木村屋"，于是上网检索。绢以前对他讲过，木村屋已经闭店了。

麦用 Google 街景视图搜索了"木村屋"的地址，看到多摩川旧公寓附近的小街时，惊讶地叫出声来。

时隔六年，他再次看到了奇迹。

街景视图的画面上，一男一女手拿卫生卷纸和花束走在多摩川岸旁，容颜虽然被虚化处理了，毫无疑问，正是麦和绢。

"男爵！快过来看！"

麦高兴地把男爵抱到电脑屏幕前。与六年前大学时代的亢奋相比，第二次奇迹，喜悦而温馨。

"哈哈哈哈，太棒了。"

麦笑着凝视屏幕。画像里那一日天气晴朗，麦和绢在多摩川岸边手拉着手，脸对着脸，时间静止

在那一刻。虽然看不见表情，但他知道，那是两张
笑脸。

我能说的，

只有一句谢谢你。

我只想记住开心的事，

放进心底珍藏。